Arena-Taschenbuch
Band 50806

Weitere Titel von Jürgen Banscherus im Arena-Taschenbuchprogramm:
Keine Hosenträger für Oya
Davids Versprechen
Das Lächeln der Spinne
Novemberschnee

Jürgen Banscherus,
geboren 1949, war Journalist, Verlagslektor, Dozent in der Erwachsenenbildung und ist seit 1989 freier Schriftsteller. Inzwischen ist er einer der renommiertesten Autoren für Kinder- und Jugendliteratur. Seine Bücher erhielten zahlreiche Auszeichnungen und wurden bisher in 23 Sprachen übersetzt.
www.juergen-banscherus.de

Jürgen Banscherus

Asphaltroulette

Arena

Für Birgitta

Informationen zu Unterrichtsmaterialien
unter www.arena-verlag.de

1. Auflage als Sonderausgabe 2015

Umschlaggestaltung: Sibylle Bader
Umschlagtypografie: KCS GmbH · Verlagsservice & Medienproduktion,
Stelle/Hamburg
Gesamtherstellung: Westermann Druck Zwickau GmbH
ISSN 0518-4002
ISBN 978-3-401-50806-1

www.arena-verlag.de
Mitreden unter forum.arena-verlag.de

1

Wie ist der Unfall passiert?«
»Das habe ich Ihnen schon dreimal erzählt.«
»Dann erzählen Sie es mir eben noch einmal.«
Der Beamte trommelt nervös auf der Tastatur seines Computers. Anne schweigt.
»Ich warte.«
Er schaut auf seine Armbanduhr. Anne lehnt sich zurück und schließt die Augen. Durch das offene Fenster hört sie Kinder einen Abzählreim rufen. Ene, mene, mu – und raus bist du!
»Raus bist du«, wiederholt sie leise.
»Was haben Sie gesagt?«
»Nichts.«
Der Polizist schließt das Fenster. »Ich habe nicht ewig Zeit.«
»Also gut, zum vierten Mal: Sven hat gewinkt und dabei nicht auf den Bus geachtet.«
»Wem hat er gewinkt?«
»Zwei Typen in einem Auto.«
»Kennen Sie die beiden?«
Anne schüttelt den Kopf.
»Wirklich nicht?«
»Wenn ich es Ihnen sage.«
»Erinnern Sie sich an das Kennzeichen des Wagens?«
»Nein. Schließlich war es dunkel.«
»Kennzeichen sind beleuchtet«, sagt der Beamte.
»Na und?«
»Waren Sie zufällig an der Kreuzung?«
»Warum fragen Sie?«

»Waren Sie verabredet?«
»Das geht Sie nichts an.«
Der Beamte öffnet einen Stahlschrank. »Kennen Sie diesen Armreif?«
»Nie gesehen.«
»Da steht ›Sven und Anne‹ drauf.«
Sie zuckt die Schultern. »Es gibt viele, die Anne heißen.«
Der Polizist druckt das Vernehmungsprotokoll aus. »Lesen Sie alles in Ruhe durch. Wenn Sie einverstanden sind, unterschreiben Sie!«
Anne kritzelt ihren Namen auf das Papier und gibt es zurück.
»Wie Sie wollen«, sagt der Polizist.
»Was haben die anderen erzählt?«, fragt sie.
»Dienstgeheimnis.«
»Darf ich jetzt gehen?«
»Ja. Vielleicht müssen wir Sie noch einmal vorladen.«
Vor der Polizeiwache warten zwei Jungen in einem alten Ford-Capri auf sie.
»Wie war's?«
»Sie wollten wissen, wie es passiert ist.«
»Was hast du den Bullen gesagt?«
»Dass Sven gewinkt hat.«
»Sonst nichts?«
»Sonst nichts.«
»Braves Mädchen! Sollen wir dich nach Hause fahren?«
Anne schüttelt den Kopf. »Haut ab, haut bloß ab!«, sagt sie leise.

Nein, ich bin nicht dabei gewesen. Wo kämen wir hin, wenn sich jeder, der eine Geschichte schreiben will, bei Vernehmungen Notizen machen dürfte. Anne hat mir alles erzählt.

Alles, was sie weiß. Das Übrige habe ich mir ausgedacht. Ob die Geschichte stimmt, wie ich sie mir zusammengereimt habe, weiß ich nicht. Aber es spricht einiges dafür, dass ich nicht ganz falsch liege.

Es begann damit, dass ich im Eiscafé am Busbahnhof saß und Cappuccino trank. Ich hocke oft hier und schaue den Leuten zu, wie sie sich in die Busse quetschen oder vor einem Regenschauer in den Hauptbahnhof flüchten. Wenn es regnet, fühle ich mich bei Alessandro besonders wohl. Dann erfasst mich ein stilles Glücksgefühl und ich bestelle noch einen Cappuccino.

An diesem Nachmittag war ich der einzige Gast. Sie kam herein, setzte sich zu mir, ließ sich einen Eiscafé bringen und starrte aus dem Fenster. Irgendwann bot ich ihr eine Zigarette an. Sie beachtete mich nicht. Nach einer Stunde ging sie. Ich schaute ihr nach.

Am nächsten Tag kam sie wieder.

»Hallo«, sagte sie.

»Tag.«

»Sitzen Sie immer hier?«

»Oft.«

Die streichholzlangen blonden Haare klebten ihr am Kopf. Das schmale Gesicht glänzte vor Nässe. Sie schüttelte sich. Einige Tropfen flogen gegen das Fenster und zogen Spuren.

»Scheißregen«, sagte sie. Sie sah müde aus.

»Sind Sie an Geschichten interessiert?«

Ich nickte.

»Sind Sie morgen wieder hier?«, fragte sie, bevor sie ging.

»Ab eins.«

2

Durch die Ritzen der Rollladen zwängen sich die Sonnenstrahlen. Annes Sachen liegen auf dem Boden verstreut. Zwischen Jeans und T-Shirt sitzt der Bär. Otto fliegt jeden Abend aus dem Bett. Er hat dabei ein Ohr verloren.
Anne öffnet das linke Auge. Wie jeden Morgen will das rechte noch nicht. Sie dreht sich auf den Rücken und schaut auf den Wecker im Regal über ihr. Schlagartig wird sie hellwach. Halb acht, ach du dicker Vater!
»Hättest du mich nicht wecken können?«, fragt sie Otto, während sie in ihre Sachen schlüpft.
Der Bär schweigt.
»Habe ich dir nicht erzählt, dass wir heute die letzte Deutsch-Klausur schreiben?«
Otto schaut auf den Boden.
»Siehst du, jetzt schämst du dich.« Sie wirft das Stofftier aufs Bett.
In der Diele wartet ihre Mutter auf sie. »Was ist, Anne? Willst du nicht frühstücken?«
»Keine Zeit, ich habe verschlafen.«
»Hast du dir nicht den Wecker gestellt?«
»Inga wird jeden Morgen von ihrer Mutter geweckt!« Anne läuft zur Tür.
»Wer weiß, wo die sich nachts herumtreibt, dass sie ohne ihre Mutter nicht aus dem Bett kommt!«
Bleib ruhig, sagt sich Anne, ganz cool. Noch ein Wort und wir haben den dicksten Streit. Sechs Stunden hat mal einer gedauert. Am Ende hat Mutter einen Migräneanfall ge-

kriegt und Vater musste früher vom Büro nach Hause kommen.
»Schon gut, du hast ja recht«, sagt Anne.
»Du wirst noch mal verhungern!«, ruft ihre Mutter ihr nach.

Die Straßenbahn ist überfüllt.
Anne ist zwischen einem älteren Mann mit Lederjacke und einem pickelgesichtigen Lulatsch eingeklemmt. Der eine riecht nach billigem Rasierwasser, der andere nach ungeputzten Zähnen. Sie ärgert sich, dass sie nicht im Bett geblieben ist.
Die Bahn hält an jeder Mülltonne. Jede Kreuzung ist verstopft, an jeder zweiten Haltestelle kämpfen die Leute um einen Platz.
Anne kommt schließlich mit halbstündiger Verspätung in der Schule an. Natürlich schreiben die anderen schon. Der Deutschlehrer – sie hat mir den Namen gesagt, aber ich habe ihn vergessen – nickt ihr zu und verschwindet wieder hinter der Zeitung.
»Was war los?«, fragt Inga.
»Verschlafen.«
»Warum?«
»Idiotische Frage.«
Als Anne die Klausuraufgaben sieht, fällt sie fast vom Stuhl. Zwei Gedichtinterpretationen, die sie von vornherein abhaken kann, und ein Besinnungsaufsatz über ein Zitat von Goethe.

> »Übrigens ist mir alles verhasst,
> was mich bloß belehret,
> ohne meine Tätigkeit zu vermehren
> oder unmittelbar zu beleben.«

Eine Unverschämtheit: Goethe bei vierundzwanzig Grad im Schatten! Und dann solch ein Schwachsinn, den man nicht versteht!
Sie stößt Inga an.
Die blickt erschrocken hoch. »Was ist?«
»Ich hasse Deutsch!«
Irgendetwas bekommt Anne schließlich doch zusammen. Nach vier Stunden steht auf den fünf oder sechs Blättern, dass man die Angelegenheit so sehen könne oder so und dass Goethe dies oder das gemeint haben könne, dass sie aber der Auffassung sei, wenn auch andererseits und so weiter und so weiter. Was man eben schreibt, wenn einem nichts Vernünftiges einfällt.

Inga wartet vor der Schule auf sie. Sie steht an ein Mäuerchen gelehnt und schminkt sich. Im Fenster des Physiksaals hocken ein paar Jungen aus der Elf und schauen ihr zu.
»Diese Penner«, sagt sie und hängt sich bei Anne ein.
Inga ist fast so groß wie ihre Freundin, hat langes schwarzes Haar und grüne Augen in einem ebenmäßigen Gesicht. Sie gilt als Modepuppe, als cooler Vamp, der nur darauf wartet, dass ein Arzt oder Rechtsanwalt sie heiratet. Anne weiß es besser. Vor einem Jahr hat Inga Schlaftabletten geschluckt. Drei Tage Intensivstation. »Ich finde alles zum Kotzen«, hat sie gesagt, als sie aufwachte.
»Hast du auch den Goethe genommen?«, fragt Inga.
»Logo.«
»Und?«
»Schwachsinn, nichts als Schwachsinn.«
»War doch gar nicht schlecht, das Zitat.«

»Hast du es etwa verstanden, Inga?«
»Ich bin mir nicht sicher.«
»Komm, wir gehen zu Alessandro!«, schlägt Anne vor.

Ich erinnere mich gut: der erste heiße Tag. Seit dem Morgen ertönten die Martinshörner, hatten Krankenwagen und Abschleppdienste Hochbetrieb. Bestimmt habe ich in Alessandros Eiscafé gesessen, als die Mädchen hereinkamen. Von Anne weiß ich, wie die beiden angezogen waren. Inga trug einen schwarzen Mini-Lederrock und ein weißes T-Shirt mit irgendeiner Schrift drauf, sie selbst eine grüne Pumphose und eine dunkelrote indische Bluse. Alessandro ging zu ihnen und beschwerte sich, dass er die Tische nicht nach draußen stellen dürfe. Bei gutem Wetter müssen sich die Stammkunden sein Klagelied täglich anhören. Er hat bereits einen längeren Kleinkrieg mit allen möglichen Behörden hinter sich. Nichts zu machen.
Inga blieb nicht lange. Anne ging erst, als es so weit war für die Berufsberatung. Ihre Eltern hatten ihr schon lange in den Ohren gelegen, sie solle sich endlich für einen vernünftigen Beruf entscheiden. Am besten Bankkauffrau oder Auslandskorrespondentin. Ihr war es ziemlich gleichgültig. Irgendwann wollte sie mal Tierärztin werden. Aber dann hatte sie ein Schäferhund gebissen und ihr war die Lust vergangen.

3

Das Gebäude der Arbeitsagentur liegt am Ende der Fußgängerzone, gegenüber der Hauptpost. Blassgrüne Kacheln, nichts als blassgrüne Kacheln, vier Stockwerke hoch. Über dem Eingang und unterhalb des Daches breiten sich schmutzig graue Flecken aus. Einige Kacheln sind zerbrochen. Moos und Flechten wachsen aus den Ritzen. Neben dem Portal hat einer etwas an die Fassade gesprüht. »Fuck the« kann Anne entziffern.

Sie läuft durch breite Flure mit gelb gestrichenen Wänden und nikotinbraunen Decken. Auf niedrigen Tischen quellen Aschenbecher über. Stühle und Fensterbänke sind übersät mit Informationsbroschüren. Über allem hängt der Geruch von Bohnerwachs und Enttäuschung. Hinter einigen Türen hört sie rhythmisches Lachen. Ansonsten ist es still. Unheimlich still. Ihre Turnschuhe quietschen auf dem braunen Linoleumboden.

Anne ärgert sich. Inga liegt im Freibad, tauscht ihre Sonnenstudiobräune in echte um – und sie läuft durch diese Riesenbedürfnisanstalt. Am liebsten würde sie wieder gehen. Aber das bringt sie nicht fertig. Pflichtgefühl, blödes!

Die Berufsberatung findet sie im ersten Stock. Es wartet schon einer. Ein Junge, der aussieht, als habe er die letzten Monate auf der Müllkippe verbracht.

»Tag«, begrüßt er sie.

Anne antwortet nicht.

»Tag«, wiederholt der Junge.

Anne nimmt eine Broschüre vom Tisch. »Der Weg ins Be-

rufsleben« steht auf dem blau-rot-grünen Titelblatt. Sie blättert ein wenig, findet die abgebildeten Mädchen und Jungen affig und legt das Heft zurück.
»Bist du stumm?«, fragt der Junge.
»Willst du mich anmachen, oder was?«, fragt Anne zurück.
»Blöde Tussi!« Der Junge spuckt auf den Boden.
Er hat kurze schwarze Haare, die wie abgebissen aussehen, trägt ein schmutziges kariertes Hemd, geflickte Jeans und billige Stoffturnschuhe. Über der Schulter hängt ein Umhängebeutel aus Leinen. Das Mundstück einer Blockflöte schaut heraus.
»Hör auf zu glotzen«, sagt der Junge.
»Penner!«
Wie mir Anne erzählte, hat sie das, was folgte, gar nicht richtig mitgekriegt. Jedenfalls springt er plötzlich auf sie zu, holt aus, sie will sich ducken, da gibt er ihr schon eine Ohrfeige, dass ihr das Wasser aus den Augen stürzt.
»Bist du wahnsinnig?«, schreit sie und wirft sich auf den Jungen.
Im ersten Augenblick ist er überrascht, hält die Hände vors Gesicht, versucht, nur ihren Schlägen auszuweichen. Aber dann packt er ihre Handgelenke und dreht sie so lange herum, bis sie in die Knie geht.
»Lass mich los!«, stöhnt sie.
Er schüttelt den Kopf.
»Lass mich los oder ich brülle alles zusammen!«
Der Junge verringert den Druck. Anne richtet sich auf. Erst jetzt merkt sie, dass sie einen halben Kopf größer ist als er.
»Du bist wahnsinnig«, sagt sie und macht sich mit einem Ruck frei. Die Handgelenke schmerzen, Backe und Ohr fühlen sich taub an. Sie wischt sich das Gesicht ab und läuft

den Gang hinunter. Hinter ihr öffnet sich eine Tür. Sie hört, wie der Junge: »Leck mich!«, schreit. Sie läuft schneller.
In der Eingangshalle holt der Junge sie ein.
»Mach die Fliege!«, zischt Anne.
Er lächelt sie an. »Du lässt dir nichts gefallen, was?«
Sie stößt ihn zur Seite und springt in den Aufzug. Die Tür schließt sich, bevor der Junge ihr folgen kann.

»Sie waren für drei bestellt«, begrüßt sie der Berufsberater.
Anne zuckt die Achseln. »Ich bin aufgehalten worden.«
»Setzen Sie sich. Was haben Sie mit Ihrer Backe gemacht?«
»Mumps«, antwortet Anne.
»Mumps? Und da laufen Sie herum?«
Der Berufsberater ist ein Mann unbestimmten Alters. Offenes Hemd, ein paar graue Strähnen im Haar, Backenbart, Pilotenbrille.
»Keine Angst. Es ist nicht mehr ansteckend«, beruhigt ihn Anne.
»Na gut. Waren Sie schon einmal bei uns, Fräulein Wiechert?«
»Nein.«
»Dann brauche ich zunächst einmal einige Daten.«
»Muss das sein?«
»Wenn wir Ihnen Lehrstellen vermitteln sollen . . .!«
»Eigentlich weiß ich noch gar nicht, was ich will«, sagt Anne.
»Erst mal die Daten.«
»Also gut. Anne Wiechert, siebzehn Jahre, zwölfte Klasse Einstein-Gymnasium.«
»Vater?«, fragt der Berufsberater.
»Ja.«

»Ich meine, welchen Beruf Ihr Vater hat.«
»Bilanzbuchhalter.«
»Und Ihre Mutter?«
»Hausfrau.«
»Haben Sie Geschwister?«
»Nein.«
»Wohnen Sie zu Hause?«
»Logo.«
»Dann brauche ich nach dem Familienstand nicht zu fragen«, sagt der Berufsberater.
»Also«, er legt den Kugelschreiber zur Seite und zündet sich eine Zigarette an. »Sie wissen nicht, was Sie nach dem Abitur machen sollen.«
»Genau.«
Anne schaut sich um. Ganz gemütlich, denkt sie. Blumen an den Fenstern, Impressionisten an den Wänden, ein Mobile über dem Computer.
»Was sind Ihre starken Fächer?«, fragt der Berufsberater.
Sie zuckt die Achseln. »Eigentlich bin ich überall mittel.«
»Welche Fächer machen Ihnen besonders viel Spaß?«
»Spaß?«, fragt sie zurück. »Machen Sie Witze?«
»Versuchen wir es andersherum: Sind Sie eher naturwissenschaftlich-mathematisch oder sprachlich begabt?«
»Wahrscheinlich eher mathematisch«, antwortet sie nach einer Weile.
»Aha.« Der Berufsberater macht sich Notizen. »Das wäre ein Ansatzpunkt. Studieren wollen Sie nicht?«
»Meine Eltern halten nichts davon. ›Brotlose Kunst‹, sagen sie. ›Fünf Jahre abrackern und dann arbeitslos.‹«
»Kommt darauf an, was Sie studieren«, sagt der Berufsberater. »Informatiker zum Beispiel – die werden immer gebraucht.«

»Bloß nichts mit Computern«, sagt Anne.
»Warum nicht?«
»Die mit den Dingern arbeiten, haben 'ne Macke.«
»Finden Sie?«
»Ich brauche mir nur die Hacker in unserer Schule anzusehen.«
Der Berufsberater überlegt.
»Was dann?«
Er zündet sich eine neue Zigarette an.
»Ich dachte, das könnten Sie mir sagen!«
»Wie wäre es mit einem kaufmännischen Beruf?«
»Warum nicht. Welche gibt es?«
»Jede Menge. Bankkaufmann, Industriekaufmann, Groß- und Außenhandelskaufmann, Bürokaufmann, Einzelhandelskaufmann, Speditionskaufmann, Versicherungskaufmann, Reiseverkehrskaufmann und so weiter und so weiter.«
»Nehmen die auch Mädchen?«
»Natürlich. Wieso?«
»Sie sagen immer . . .mann!«
»Am besten gebe ich Ihnen Informationsmaterial mit und Sie beschäftigen sich einmal eingehend mit den verschiedenen Berufsbildern. Sie können natürlich auch unser Berufsinformationszentrum besuchen.«
»Wie sind denn die Aussichten auf einen Ausbildungsplatz?«, fragt Anne.
Der Berufsberater räuspert sich. »Sie lesen bestimmt Zeitung. Rosig sieht es nicht aus.«
»Vor allem nicht für Mädchen«, ergänzt Anne.
»Bauen Sie erst einmal ein vernünftiges Abitur. Dann findet sich bestimmt etwas. Wichtig sind vor allem die Noten in Mathematik und Deutsch.«

»Übrigens, was war das für ein Junge, der vor mir dran war?«, fragt Anne, als sie sich verabschiedet.
»Sie meinen bestimmt Sven, Sven Klinkmann. Ein ganz besonderer Fall.«
»Das habe ich gemerkt.«
Auf dem Nachhauseweg untersucht Anne Backe und Nase. Sie fühlen sich wieder normal an.

4

Am nächsten Mittag hat Anne nur einen Gedanken: nach Hause und so schnell wie möglich ins Freibad. Die beiden letzten Stunden sind fürchterlich gewesen. Englisch und Mathe.

Inga und sie haben alle zwei Minuten auf die Uhr und alle fünf Minuten aus dem Fenster geschaut: blauer Himmel, ein unverschämtes Blau und eine Sonne, die auch den winzigsten Gedanken an Differenzial- und Integralrechnung vertrieben hat.

»Wie war's gestern?«, fragt Inga auf dem Weg zur Haltestelle.

»Blabla, blubber, blubber. Der Typ braucht selber eine Berufsberatung.«

»Wärst besser mit ins Freibad gekommen.«

»Dann hätte ich was verpasst.«

Inga schaut sie verständnislos an.

»Nämlich die erste Ohrfeige meines Lebens«, fährt Anne fort.

»Von deiner Mutter?«

»Nein, von einem Typen bei der Berufsberatung.«

»Echt verrückt«, sagt Inga, als Anne ihren Bericht beendet hat. »Ich hätte den Schläger nicht einfach laufen lassen!«

»Irgendwie tat er mir leid. Ich war zwar stinkwütend, aber der Junge hatte was in den Augen, dass ich ihm nicht richtig böse sein konnte.«

Inga lachte.

»Sozialarbeiterin, das wäre das Richtige für dich.«

»Warum nicht? Immer noch besser als – wie hieß das gleich? – Groß- und Außenhandelskaufmann!«
»Kauffrau«, verbessert Inga.
»Was du alles weißt!«

Zu Hause muss Anne ihre Mutter davon überzeugen, dass sie am Nachmittag nicht mit in die Stadt gehen kann, um ihr beim Kauf eines Badeanzugs zu helfen. Sie habe sich mit Inga im Freibad verabredet. Sie wollten dort für die Mathearbeit üben.
»So seht ihr aus«, sagt ihre Mutter. »Was du nur an der Inga findest!«
»Sie ist in Ordnung.«
»Wie die schon rumläuft! Als wenn sie auf den Strich . . . !«
»Bitte!« Anne hält sich die Ohren zu. »Fang nicht wieder an!«
In ihrem Zimmer wirft sie Bikini, Badetuch, Sonnenöl, Sonnenbrille, Haarwaschmittel und Seife in die Sporttasche und legt die Mathesachen obenauf.
»Kannst du morgen Nachmittag?«, fragt ihre Mutter, als Anne sich verabschiedet.
»Mal sehen.«
Sie wirft die Tür zu und bleibt wie angewurzelt stehen.
Auf dem Bürgersteig sitzt einer mit kurzen schwarzen Haaren, kariertem Hemd, geflickten Jeans und billigen Stoffturnschuhen: der Junge, den sie vor dem Büro des Berufsberaters getroffen hat. Neben ihm steht eine Flasche.
»Tag«, sagt er.
Anne blickt sich um. Niemand zu sehen. Die Fenster der Eigenheime sind mit dichten Gardinen verhängt. Die alte Winkelmann spioniert bestimmt, denkt sie.

»Euer Haus?«
Der Junge steht auf.
»Hau ab!«
»Du heißt Anne.«
»Und du gehst mir wahnsinnig auf die Nerven!«
Anne beeilt sich, außer Sichtweite der alten Winkelmann zu gelangen. Der Junge folgt ihr. Die Straßenbahn wartet schon an der Haltestelle. Sie springt hinein, der Junge hinter ihr her. Die Bahn ist leer, sie setzt sich an die hintere Tür.
»Hau ab!«, zischt sie den Jungen an, als er sich neben sie setzt. Er reagiert nicht. In den Kurven lehnt er sich an sie. Sie schiebt ihn weg.
»Willst du nicht wissen, warum ich dich geschlagen habe?«, fragt er. Die Straßenbahn fährt gerade durch die Unterführung am Hauptbahnhof.
»Interessiert mich nicht«, antwortet sie.
»Weil du mich beleidigt hast!«
»Wenn dich einer beleidigt, schlägst du zu?«
Er nickt.
»Du gehörst in die Klapsmühle.«
Der Junge holt eine halb volle Flasche Martini aus dem Beutel. »Willst du?«
Sie beachtet ihn nicht, schaut aus dem Fenster, bis die Bahn vor dem Freibad hält.
»Ich habe kein Geld«, sagt der Junge, als sie am Eingang stehen.
»Halleluja«, sagt sie und verschwindet im Kassenhaus.

Im Freibad herrscht Hochbetrieb. Inga hat ihr einen Platz freigehalten. Neben ihnen liegen Familienväter, pubertierende Knaben, ein paar Tätowierte – nichts Aufregendes darunter. Zum Glück ist keiner von den Typen in der Nähe, die glauben, sie seien Deutschlands Superstars. Anne schwimmt sechs Bahnen, legt sich dann auf den Bauch und döst. Wie durch Watte hört sie das Stimmengewirr ringsum, die Trillerpfeifen der Bademeister und die Rufe ängstlicher Mütter.

Sie ist fest eingeschlafen, als Inga sie anstößt. »Sieh mal, der Penner! Der starrt dauernd zu uns rüber!«

Das darf nicht wahr sein!, denkt Anne. Auf dem Rand des Schwimmerbeckens hockt der Junge aus der Arbeitsagentur, mager und käsebleich. Eine viel zu große Turnhose schlottert ihm um die Beine. Neben ihm liegen seine Sachen, ein Häufchen Lumpen.

Sie läuft zu ihm. »Jetzt reicht's! Zieh bloß Leine!«

»Toller Bikini«, sagt der Junge und fasst sie um die Beine.

Anne versucht, sich zu befreien, sie verlieren das Gleichgewicht und fallen ins Wasser. Einen Augenblick später kommt sie wieder hoch. Einige Meter von ihr entfernt strampelt der Junge wie wild, um an der Oberfläche zu bleiben. Mit schnellen Beinschlägen ist sie hinter ihm, packt ihn unter den Achseln und bringt ihn zur Leiter.

Später sitzen sie auf dem Beckenrand.

»Du hättest ertrinken können«, stellt Anne fest.

Der Junge zuckt die Schultern. Er zittert.

»Hast du was zum Abtrocknen?«, fragt sie.

Er schüttelt den Kopf.

»Ich hole dir was.«

»Sozialarbeiterin«, sagt Inga, als Anne das Badetuch holt.

»Klappe!«

»Wie bist du reingekommen?«, fragt Anne den Jungen.

»Kleine Fische.« Er zeigt auf das Wäldchen, das an die Liegewiese grenzt. Der Zaun ist dort nicht besonders hoch.

Als der Junge sich fertig abgetrocknet hat, nimmt sie ihm das Badetuch aus der Hand und steht auf.

»Warte!« Er hält sie am Bein fest. »Ich heiße Sven.«

»Ich weiß.«

»Woher?«

»Der Berufsberater hat es mir gesagt. Du sollst ein ganz besonderer Fall sein.«

Sven lässt ihr Bein los. »Hast du ihm erzählt, dass ich dir eine geknallt habe?«

Sie schüttelt den Kopf.

»Warum nicht?«

»Vielleicht hätte ich es besser tun sollen.«

Svens Haare stehen nach allen Seiten ab. Sie verbietet sich, ihm auch noch ihre Bürste zu holen.

»Willst du nicht wissen, warum ich ein besonderer Fall bin?«, fragt er.

»Kein Interesse.«

»Schade. Magst du Musik?«

»Logo.«

»Auch Blockflöte?«

»Blockflöte? Find ich ätzend!«

»Du hast keine Ahnung! Blockflöte ist super!«

»Wenn du meinst.« Anne wirft das Badetuch zu Inga hinüber und springt ins Wasser.

»Heute Abend!«, ruft er hinter ihr her. »Heute Abend spiel ich dir was!« Dann nimmt er seine Sachen und verschwindet.

»War das der Typ, den du bei der Berufsberatung getroffen hast?«, fragt Inga, als Anne wieder neben ihr liegt. »Von so einem Zwerg lässt du dich verprügeln?«

Anne dreht sich auf den Bauch und drückt das nasse Gesicht ins Badetuch.
»Sag bloß, du findest den Typ gut«, lässt ihre Freundin nicht locker.
»Quatsch. Er tut mir leid. Ich glaube, dem geht es unheimlich dreckig.«
»Du kannst nicht jedem helfen«, sagt Inga.
»Will ich auch nicht.«
In den nächsten beiden Stunden ist Inga ausschließlich damit beschäftigt, sich zu bräunen. Anne blättert im Mathematikbuch, schwimmt ein paar Runden und fährt nach Hause.

Nach dem Abendessen geht sie sofort in ihr Zimmer. Es ist drückend heiß. Sie öffnet das Fenster. Ein Schwall stickiger Luft dringt von der Straße herauf in den Raum.
Otto sitzt auf dem schmalen Bett und starrt sie an.
Sie lässt sich neben ihn fallen. »Was ist? Warum guckst du so?«
Der Bär wackelt hin und her, als sie sich auf die Seite dreht.
»Du schüttelst den Kopf? Etwa über mich?«
Otto nickt und fällt nach vorn.
»Was kann ich dafür, wenn der Junge mir nachläuft wie ein Hund!« Sie drückt Otto an sich.
Er brummt böse.
»Ist ja schon gut. Du bist der Größte. Aber Wahnsinnslippen hat der Sven, das kann ich dir sagen. Da wird einem ganz anders.«
In diesem Augenblick ertönt draußen eine Blockflöte. Anne rennt zum Fenster. Sven lehnt an einem Baum auf der gegenüberliegenden Straßenseite. Er spielt nur einen Ton, verän-

dert den Rhythmus, bläst mal stärker, mal schwächer. Als er hochschaut, geht sie schnell vom Fenster weg.
Der Junge hat eine gespenstische Ausdauer. Irgendwann muss sie zur Toilette. Als sie zurückkommt, ist die Blockflöte verstummt. Draußen nur parkende Autos. Kein Mensch zu sehen. Sie hockt sich in den Ohrensessel mit dem geblümten Bezug und setzt die Kopfhörer auf.
»Dieser Angeber kann überhaupt nicht Blockflöte spielen«, sagt sie zu Otto.
Der blickt nur stur an ihr vorbei.
»Aus dir soll einer schlau werden.«

5

Ich verlasse Anne. Sie wird Musik hören, wahrscheinlich Leo Kottke. »Death by reputation« sei ihre Lieblingsplatte, hat sie mir erzählt. Zwischen zehn und elf wird sie ins Bett gehen. Vielleicht wird sie träumen. Nichts Weltbewegendes: von einer Tür, die sich nicht öffnet, von einem Lehrer, der er selber ist und auch nicht, vom Sprung über einen Graben, der immer breiter wird. Was man an solchen Tagen eben träumt.

Und Sven? Er hat vor Annes Haus Blockflöte gespielt. Das steht fest. Danach verliert sich seine Spur. Die Stadt ist groß genug, um viele Straßen nicht zu kennen, um Menschen nur einmal zu sehen und nie wieder.

Ich besuchte den Berufsberater. Der wollte mir nichts über Sven erzählen, empfahl mir aber, es beim Jugendamt zu versuchen. Dort landete ich bei der Jugendgerichtshilfe.

»Hat er wieder was angestellt?«, fragte die Sozialarbeiterin. Sie wusste offensichtlich nicht, was passiert war.

»Ich muss ihn finden«, sagte ich.

»Warum?«

»Er arbeitet für mich. Und er hat die Arbeit noch nicht abgeschlossen.«

»Was ist das für eine Arbeit?«

»Er hilft mir, ein Buch zu schreiben.«

»Ich darf das eigentlich nicht«, sagte die Sozialarbeiterin. Dann erzählte sie mir, dass Sven seit etwa einem Jahr zu ihren »Kunden«, wie sie sich ausdrückte, gehöre. Er habe es nicht leicht gehabt. Der Vater sei Alkoholiker gewesen, habe nicht mehr als Bergmann arbeiten können. Er habe den größten Teil der Rente in Schnaps umgesetzt. Es habe ständig Streit gegeben. Einmal griff sogar die Polizei ein, als Svens Vater damit drohte, die ganze Familie umzubringen. Er starb früh. Um die sechs Kinder ernähren zu können, ging die Mutter putzen. Sven und seine Geschwister waren deshalb meistens allein.

Er wurde zurückgestellt und kam erst mit sieben Jahren in die Schule. Vom ersten Tag an war er ein Einzelgänger. Schon beim kleinsten Anlass schlug er um sich. Seine Leistungen waren so schlecht, dass er nach zwei Jahren auf der Förderschule landete. An seinem Verhalten änderte sich nichts.

Dann schlug sein Klassenlehrer vor, ihn bei den Großeltern unterzubringen. Svens Mutter war einverstanden. Am Anfang war er wie verwandelt, spielte mit seinen Klassenkameraden und beteiligte sich am Unterricht. Aber dann begann er zu fehlen, kam oft tagelang nicht nach Hause. Die Polizei fand ihn in Gartenlauben und leer stehenden Häusern. Er wurde schließlich mit dem Abgangszeugnis der neunten Klasse aus der Förderschule entlassen. Seine Noten waren schlecht. Nur in Musik hatte er eine Eins.

»So einen nimmt doch kein Lehrherr«, sagte die Sozialarbeiterin.

»Warum eigentlich nicht?«

»Würden Sie so einen nehmen?«

Kaum war Sven aus der Schule entlassen, brach er Zigarettenautomaten auf. Von dem Geld kaufte er ein Mofa. Er wurde erwischt, als er ohne Versicherungsschild durch die Stadt fuhr. Das Jugendgericht verurteilte ihn zu zwanzig Stunden Sozialdienst. An zwei Wochenenden half er in der

Küche eines Altenheimes. Später verlegte sich Sven auf Gartenlauben und Keller, stahl Lebensmittel und Spirituosen, einmal auch einen Fernseher. Die Polizei nahm ihn auf frischer Tat fest. Er wehrte sich so verzweifelt, dass einer der beiden Polizisten für zwei Wochen dienstunfähig geschrieben werden musste. Das Gericht verurteilte Sven zu sechs Wochen Dauerarrest.

»Seit er die Strafe abgesessen hat, ist er strafrechtlich nicht mehr in Erscheinung getreten«, beendete die Sozialarbeiterin ihren Bericht. »Aber ich bin sicher, dass er noch eine Menge angestellt hat.«

»Woher wollen Sie das wissen?«

»So einer ändert sich nicht.«

Nach allem, was mir die Sozialarbeiterin erzählt hat, erscheint es mir am wahrscheinlichsten, dass Sven von Anne aus zum Hauptbahnhof gegangen ist. Dort hockt er vor dem Eingang, neben sich eine Flasche Martini. Er achtet nicht auf die Leute, die an ihm vorbeihasten. Das Spielen fällt ihm leichter als vor Annes Haus, er erfindet immer neue Melodien, die Finger laufen wie von selbst über die acht Löcher. Niemand bleibt stehen. Sein Spiel geht im Bahnhofsgetöse unter.

Als die Flasche leer ist, macht er sich auf den Weg. Er torkelt, Passanten weichen ihm kopfschüttelnd aus, ein paar Mal fällt er hin. Die Jeans sind am Knie zerrissen, vom Ellbogen tropft Blut. Er kommt an der Kokerei vorbei, läuft durch Straßen mit türkischen Lebensmittelläden und Reisebüros, erreicht schließlich den Platz, an dem seine Großeltern wohnen. Ein fünfstöckiges Mietshaus, geschwärzt von den Abgasen des Verkehrs, der sich bis spätabends über den

Platz schiebt. Im Hausflur Kohlgeruch, ein Fahrrad versperrt die Treppe. Er wirft es zur Seite, es poltert gegen die Briefkästen. Deutsche und ausländische Namen durcheinander, in einigen Kästen die Post von Wochen, andere nicht mehr zu schließen.
»Wieder besoffen?«, wird Sven von seiner Großmutter begrüßt. »Geprügelt hast du dich auch!«
Er antwortet nicht. Im Wohnzimmer sitzt der Großvater vor dem Fernseher.
»Dir sollte mal einer den Hintern vollhauen«, sagt er.
»Versuch's doch«, lallt Sven.
Das Bettzeug auf seiner Couch liegt da wie am Morgen. Alles andere ist aufgeräumt. Die Kissen in den Sesseln haben ihren Kniff, das Deckchen auf der Kommode weicht keinen Zentimeter von der Ideallinie ab, alles riecht nach Möbelpolitur.
Ohne die Schuhe auszuziehen, wirft er sich auf die Couch.
»Nichts zu essen da?«
Der Großvater dreht sich um. Das Gesicht unter den grauen Haaren ist gerötet, auf der Oberlippe sitzen Schweißtröpfchen. »Du Mistkerl! Kommst besoffen nach Hause, natürlich zu spät und willst deine Großmutter tanzen lassen. Wenn du essen willst, mach dir gefälligst selber was!«
Sven steht auf und tritt gegen den niedrigen Couchtisch. Die halb volle Bierflasche kippt um, die Flüssigkeit ergießt sich über Sessel und Teppich.
»Raus!«, schreit sein Großvater. »Raus! Oder ich vergesse mich!«
Sven holt die nasse Turnhose aus dem Beutel und schlägt seinem Großvater damit ins Gesicht. »Ihr seid zum Kotzen!«
Als er die Treppen hinunterstolpert, öffnet sich eine Woh-

nungstür. Eine alte Frau schaut in den Flur. Er streckt ihr die Zunge heraus.

Die alten Idioten sehen mich nie wieder, denkt er, während er durch die Stadt läuft. Knie und Ellenbogen schmerzen. Der Hunger meldet sich. Sven gräbt in den Hosentaschen. Nichts. Nicht einmal fünfzig Cent.
Nach zwei Stunden erreicht er die Schrebergärten im Osten der Stadt. In vielen Lauben ist Betrieb, die Leute grillen und trinken Bier. Gelächter und Hundegebell hängen über der Anlage.
Er wartet, bis es dunkel ist. Dann klettert er über den Zaun. Ihm ist schlecht vor Hunger, der Durst bringt ihn um. Nach langem Suchen entdeckt er schließlich ein Gartenhaus, dessen Fenster und Türen nicht verrammelt sind. Es liegt versteckt hinter einer hohen Hecke in einem abgelegenen Teil der Anlage. Sven zieht an der Tür, sie schwingt mit einem knarrenden Geräusch auf. Die Laube ist völlig leer. Neben dem Eingang steht eine Regentonne. Nachdem er getrunken hat, legt er sich auf den Holzfußboden und schläft sofort ein.

6

Es ist noch heißer geworden. Eine trockene Hitze. Keine Wolken, kein Gewitter. In den Nächten kühlt es kaum ab. Das Freibad stinkt Tag für Tag stärker nach Chlor, die Rasenflächen um die Schwimmbecken färben sich braun.

In der Schule hockt Anne die Stunden ab und versucht es mit Beten.

Dreimal hat sie Erfolg. Dreimal gibt es nach der vierten Stunde Hitzefrei.

Am Samstag ruft Bernd an und verabredet sich mit ihr für eine Party. Er ist Kapitän der Basketball-Schulmannschaft.

Nachmittags hockt Anne in ihrem Zimmer vor dem offenen Schrank und meditiert.

»Was soll ich anziehen, Otto?«, fragt sie. »Oder bist du etwa wieder eifersüchtig?«

Otto hockt auf dem Bett, den einen Arm erhoben, und schaut zum Fenster.

»Ach, dich interessiert Bernd nicht. Du, ein toller Typ. Mindestens drei Meter groß und solche Schultern.« Sie breitet die Arme aus, soweit sie kann.

»Du findest ihn ein bisschen langweilig? Na ja, ganz helle ist er nicht. Aber stell dir vor, Inga ist bei ihm abgeblitzt!« Sie tanzt mit Otto durchs Zimmer. »Inga wird platzen!«

Die Fete ist ein Reinfall. Inga nicht da, sonst nur Leute aus ihrem Jahrgang. Lehrer, Noten, wer mit wem. Zu allem Überfluss trifft Bernd auf zwei Jungs aus seiner Mannschaft und redet den ganzen Abend über nichts anderes als Basketball. Am Anfang tanzt er mit Anne, dann stellt er sie ab wie eine Sporttasche, legt zweieinhalbmal zerstreut den Arm um sie und vergisst sie schließlich ganz. Irgendwann tanzt sie allein, niemand achtet auf sie. Vor Enttäuschung isst sie drei Teller Nudelsalat und raucht zwei Zigaretten. Sie raucht sonst nie.

Auf dem Nachhauseweg versucht Bernd, sie zu küssen. Zieht sie mit einer Bewegung wie John Wayne an sich und schaut ihr tief in die Augen.

Sie dreht den Kopf weg und lacht.

»Warum lachst du?«

»Jetzt hättest du nur noch sagen müssen: Come on, Anne, mein Pferd wartet vor dem Saloon!«

Bernd starrt sie verständnislos an.

»Vergiss es, Großer. War wirklich ein toller Abend.«

»Ja, echt super«, stimmt er ihr zu.

»Schade, dass er schon zu Ende ist«, sagt Anne, als sie vor ihrem Haus stehen.

»Wir könnten vielleicht zu mir?«, schlägt er vor.

»Tut mir leid, Cowboy, Daddy steht mit der Kanone hinterm Fenster.«

»Was?«

»Leise! Er bewacht meine Unschuld. Tschüss!«

Inga hält sich den Bauch vor Lachen, als Anne ihr am Montagmorgen von dem Reinfall mit Bernd erzählt. »Weißt du eigentlich, wie sie ihn nennen?«

Anne schüttelt den Kopf.

»Bubi.«

»Tu nicht so schlau. Du hast es schließlich selbst bei ihm versucht!«

»Ich brauchte jemanden zum Vorzeigen. Dafür ist der Lulatsch genau der Richtige.«
»Warum hat er dich abblitzen lassen?«
Inga lacht. »Wahrscheinlich hat er Angst vor mir. Er ist bestimmt noch unschuldig.«
»Mich wollte er am Samstag mit zu sich nach Hause nehmen«, sagte Anne.
»Na klar, um dir seine Urkunden zu zeigen!«
»Wenn Sie Ihre Unterhaltung fortsetzen wollen, gehen Sie bitte nach draußen«, unterbricht sie die Mathematik-Lehrerin.
»Komm, wir gehen«, flüstert Inga.
Anne schüttelt den Kopf. »Besser nicht. Die Alte merkt sich das.«

»Da ist ein Brief für dich«, wird Anne von ihrer Mutter begrüßt, als sie nach Hause kommt.
»Von wem?«
»Keine Ahnung. Es steht kein Absender drauf.« Ihre Mutter gibt ihr einen schmuddeligen DIN-A4-Briefumschlag. »Anne« steht in ungelenker Handschrift über die gesamte Breite der Vorderseite geschrieben.
»Willst du ihn nicht öffnen?« Ihre Mutter stellt das Essen auf den Tisch.
»Nachher«, antwortet Anne mit vollem Mund.
Ihre Mutter zündet sich eine Zigarette an.
»Ich esse«, sagt Anne.
»Entschuldigung.«
Kaum ist ihre Mutter im Wohnzimmer verschwunden, reißt Anne den Umschlag auf. Ein winziger Zettel liegt drin. Schwarze Flecken, die Ränder ausgefranst. Sie hat Mühe, die krakelige Schrift zu entziffern.

Du weist was los ist
komm heut Abend
um sechs
zum Augustekrankenhaus!!!

Sven, denkt Anne, das kann nur Sven sein. Was macht der Verrückte im Augusta-Krankenhaus?
»Na?« Ihre Mutter steht plötzlich hinter ihr.
Anne lässt den Zettel in der Hosentasche verschwinden.
»Von wem ist der Brief?«
»Weiß nicht. Stand kein Name drin«, antwortet Anne.
»Los, erzähle! Spann mich nicht auf die Folter!«
»Irgendein Spinner schreibt, dass er sich mit mir treffen will.«
»Du wirst doch nicht etwa hingehen?«
»Quatsch.«
»Und du hast keine Ahnung, wer es ist?«
Anne schüttelt den Kopf.
»Kann es vielleicht der Junge sein, der neulich draußen auf dich gewartet hat?«
»Wer hat auf mich gewartet?«
»Na, so ein Kleiner mit schwarzen Haaren. Er saß auf dem Bürgersteig. Frau Winkelmann hat auch nach ihm gefragt.«
»Der hat nicht auf mich gewartet. Der saß zufällig da.«
»Aber Frau Winkelmann sagt, dass ihr euch unterhalten habt.«
»Ich dachte, die ist taub und sieht schlecht«, sagt Anne.

In ihrem Zimmer setzt sie sich in den Ohrensessel, zieht den Zettel aus der Hosentasche und streicht ihn glatt. »Du weißt, was los ist.« Keine Ahnung, was los ist, denkt Anne. »Um sechs zum Augusta-Krankenhaus« – na klar, da fängt die Besuchszeit an.

Sven Anne

»Pass auf, Otto, die Sache ist ganz einfach. Sven hat sich geprügelt, eins auf die Nase gekriegt und liegt jetzt im Krankenhaus.«

Sie schaut auf die Uhr. Halb fünf.

»Soll ich hin?«, fragt sie den Bären.

Der liegt auf dem Bett, Kopf nach unten.

»Mal wieder ganz woanders, wie? Du bist ein schöner Freund! Immer, wenn ich dich brauche, bist du nicht ansprechbar!« Sie schüttelt den Kopf. »Ich bleibe hier. Was geht mich der Typ an? Geschieht ihm ganz recht, dass er Prügel gekriegt hat.«

Sie holt das Mathematikbuch aus der Schultasche.

Aber schon nach einer halben Stunde springt sie vom Schreibtischstuhl hoch.

»Und wenn er verunglückt ist? Ich fahre hin, Otto. Jeden Tag eine gute Tat.«

Bevor sie geht, zerreißt sie den Zettel in winzige Schnipsel und wirft sie in den Papierkorb.

Dem Sven muss es wirklich dreckig gehen, denkt sie. So schreibt doch keiner!

Anne steigt als Letzte aus der Straßenbahn. Vor ihr strömen die Besucher durchs Krankenhausportal. Sie geht langsam hinterher.

»Wo willst du hin?« Eine Hand hält sie an der Schulter fest.

Es ist Sven. Strahlend und offensichtlich kerngesund.

Sie macht sich los. »Ich dachte, du liegst da irgendwo!«

»Wie kommst du denn darauf?«

»Du schreibst, ich soll zum Krankenhaus kommen. Dabei hast du gar nichts!«

»Reg dich ab«, sagt er. Gesicht und Arme sind braun ge-

brannt, die Haare gewaschen, Hemd und Hose dreckig wie beim letzten Mal. »Ich muss dir was zeigen.«
Sie dreht sich um und geht zurück zur Haltestelle.
Er läuft neben ihr her. »Komm doch mit! Du wirst staunen!«
»Noch mal lass ich mich von dir nicht verarschen.«
Er fasst nach ihrer Hand. Sie zieht sie weg.
»Keine Verarschung, ehrlich. Sieh's dir an, ist 'ne tolle Sache.«
»Was ist es denn?«
»Verrate ich nicht. Es ist nicht weit.«
»Also meinetwegen. Aber nur, weil meine Bahn erst in einer Stunde kommt.«
Nach ein paar hundert Metern bleibt Sven vor einer mannshohen Hecke stehen. »Wir sind da. Komm!« Er zeigt auf eine schmale Öffnung im Gestrüpp.
»Spielen wir Räuber und Gendarm?«, fragt Anne.
»Bitte!«
Die Öffnung ist eng. Immer wieder bleibt sie mit dem T-Shirt an den Dornen hängen. An einer Glasscherbe kratzt sie sich das Knie auf.
Das Gartenhaus ist winzig, ein wenig windschief, mit einem spitzgiebligen Dach, auf dem Tauben ihre Spuren hinterlassen haben.
Der rote Anstrich blättert überall ab, das Ofenrohr neben der Tür ist verrostet und verbeult. Im Innern der Laube stehen zwei alte Sessel. Grüner Bezug, Kanten und Sitzflächen sind abgewetzt. Unter dem Fenster liegt eine Matratze. Nirgendwo sieht Anne Gartengeräte, dafür einen Schachcomputer und ein paar Bücher. Sven stößt das Fenster auf. Staub wirbelt hoch.
»Na?«, fragt er.
Sie setzt sich in einen der Sessel. Eine Sprungfeder drückt ihr

in den Rücken. Das Knie blutet. Ein schmaler roter Streifen bis zum Knöchel.

»Na?«, wiederholt Sven seine Frage.

Anne zuckt die Schultern. »Was willst du hören?«

»Scheiße!« Er lässt sich auf die Matratze fallen. »Es gefällt dir nicht.«

Sie benetzt die Wunde mit Spucke.

»Moment!« Er nimmt eine Flasche aus seinem Beutel und kniet sich vor sie.

»Keine Tricks!«, ruft sie.

»Quatsch. Ich gieß dir Martini aufs Knie. Das hilft.«

Im ersten Augenblick tut es scheußlich weh, dann ist der Schmerz verschwunden.

»Gehört die Hütte dir?«, fragt Anne.

Er schüttelt den Kopf.

»Was machst du, wenn der kommt, dem das hier gehört?«

»Dann gehe ich. Willst du?« Er hält ihr die Flasche hin.

»Ich mag das Zeug nicht.«

»Selber schuld.«

»Soll ich Blockflöte spielen?«, fragt Sven, nachdem sie lange geschwiegen haben.

»Wenn's sein muss.«

»Wahnsinn«, sagt sie, als das Spiel unvermittelt abbricht.

»Ich dachte, du findest Blockflöte ätzend!«

»Wahnsinn«, wiederholt sie. »Von wem war das?«

Er schaut sie verständnislos an.

»Ich mein, wer das Stück geschrieben hat.«

»Geschrieben? Keiner.«

»Keiner?«

»Ich spiele, was mir gerade einfällt.«

»Und ich dachte, du könntest gar nicht spielen«, sagt sie.
»Wieso?«
»Als du vor unserem Haus gespielt hast, habe ich die ganze Zeit nur einen Ton gehört.«
»Da ist mir auch nichts anderes eingefallen.«
»Bist du in einer Band?«
»Ich spiele für mich – und für dich.« Er starrt an die Decke. Die Flasche ist leer.
»Wo wohnst du eigentlich?«, fragt Anne.
»Blöde Frage. Hier!«
»Ich meine, wo du richtig wohnst.«
»Hier.«
»Woher kriegst du was zu essen?«
Er zuckt die Achseln. »Ist doch egal.«
Sie steht auf.
»Geh noch nicht«, sagt er.
»Ich muss.«
»Zu Papi und Mami?«
»Idiot!«
»Ich liebe dich.«
»Du bist betrunken!«
»Und du liebst mich auch.«
Als Anne durch die Hecke kriecht, schaut sie sich um. Sven steht am Fenster und winkt mit der Martini-Flasche.

7

In der Nacht wacht Sven auf. Es ist warm im Zimmer. Er wickelt sich aus der schmuddeligen Decke und geht nach draußen. Das Wasser aus der Regentonne schmeckt brackig. Über der Stadt hängt eine Dunstglocke, die Sterne sind nicht zu sehen, der Mond ist ein blasses Gespenst.
Als er in die Laube zurückkommt, ist er hellwach. Er wirft sich auf die Matratze, holt eine Kerze aus dem Beutel und stellt den Schachcomputer an. Beim letzten Mal hat er mit dem Damenbauern eröffnet und verloren. Heute will er es wissen.
d 2 – d 4
e 7 – e 6
e 2 – e 4
Auf einmal werden die Digitalziffern schwächer, ein rotes Lämpchen leuchtet auf, flackert und erlischt. Fluchend öffnet Sven das Gerät und wirft die Batterien aus dem Fenster.
Er braucht lange, bis er einschläft. Am Morgen ist die Kerze heruntergebrannt. Auf dem Boden Wachs und Ruß.

»Kommst du ins Freibad?«, fragt Inga am Mittag dieses Tages.
»Ich habe was zu erledigen«, antwortet Anne.
»Was denn?«
»Ach, nichts Wichtiges.«
»Komm schon, wer ist es?«
Anne antwortet nicht.
»Ich behalt's für mich«, sagt Inga.

»Na gut. Der Typ aus der Arbeitsagentur.«
Inga schaut ihre Freundin entgeistert an. »Sag, dass das nicht wahr ist!«
»Doch.«
»Du bist verrückt.«
»Bin ich nicht. Es ist nichts zwischen uns.«
»Was willst du dann von ihm?«, fragt Inga.
»Er ist ein interessanter Typ.«
»Interessant?«
»Er spielt wahnsinnig Blockflöte«, antwortet Anne.
»Blockflöte? Ich fass es nicht!«
»Du solltest ihn hören.«
»Kann drauf verzichten.«
Anne zuckt die Schultern.
»Du bist verliebt. Gib es zu!«
»Unsinn.«
»Such dir einen mit Auto und Scheinen in der Tasche«, sagt Inga. »Gefühle machen dich nur kaputt.«
»Du musst es ja wissen.«
»Ich weiß, wovon ich rede.« Inga schlägt wütend gegen ein Verkehrsschild.
Anne gibt ihrer Freundin einen Kuss. »Tut mir leid, Inga, ich habe nicht mehr daran gedacht. Hast du den Typ noch mal gesehen?«
»Seit er mich ins Krankenhaus gebracht hat, nicht mehr. Und daran kann ich mich kaum erinnern.«
»Hat er dich nicht angerufen?«, fragt Anne.
»Vergiss es, die sind alle gleich. Der hockt bei Frau und Kind und sucht sich so eine wie mich, wenn's ihn juckt.«
»Du denkst immer noch an ihn«, sagt Anne.
»Kein Stück. Manchmal. Ach, Scheiße!«

Diesmal passt Anne auf, als sie durch die Hecke kriecht. Auf dem Knie hat sich eine Kruste gebildet. Die Wunde juckt.
Sven liegt auf der Matratze. Neben ihm steht eine Flasche Martini. Als Anne hereinkommt, dreht er sich auf den Bauch.
Sie bleibt in der Tür stehen. »Was ist los?«
Keine Antwort.
»Soll ich wieder gehen?«
»Setz dich.«
»Ich habe Durst«, sagt sie.
Er schiebt die Flasche mit dem Fuß zu ihr hinüber. »Hab nichts anderes.«
Sie schiebt die Flasche zurück. »Ich mag keinen Hustensaft.«
»Dann geh an die Tonne!«
Als Anne zurückkommt, ist Svens Gesichtsausdruck noch mürrischer geworden.
»Du hast doch was«, sagt sie.
»Warum bist du wieder gekommen?«
»Ich kann ja gehen.«
»Warum bist du wieder gekommen?«, wiederholt er.
Sie zuckt die Schultern. »Weiß auch nicht so genau.«
»Was denkst du über mich?«
»Dass du super Blockflöte spielst«, antwortet sie nach einer Weile.
»Sonst nichts?«
»Ich kenne dich ja nicht.«
Sie schweigen. Sven trinkt, Anne schaut aus dem Fenster. Die Scheiben sind fast blind, die Hecke ist nur verschwommen zu erkennen.
»Erzähl mir was von dir«, sagt Anne endlich.
»Was soll ich?«
»Erzählen. Was du gemacht hast und so.«

»Und dann?«
»Wie meinst du das?«
»Was denkst du dann?«
»Das weiß ich doch jetzt noch nicht.«
Sven greift nach der Flasche. »Mir fällt nichts ein«, sagt er und wischt sich den Mund ab.
»Fang einfach von vorn an. Mit Eltern und Geschwistern«, schlägt sie vor.
Er springt wütend auf. »Du bist wie der Psychofuzzy!«
»Wie wer?«
»Wie der Psychofuzzy!«, wiederholt er. »Erst erzähle ich dir was und dann sagst du mir, was ich für ein Idiot bin!«
»Was war mit dem Psychofuzzy?«, fragt sie.
»Das geht dich nichts an.«
»Hat der was mit der Schule zu tun?«
»Ja, verdammt noch mal!«
»Auf welche Schule gehst du denn?«
Sven zögert einen Augenblick. »Auf keine. Ich bin seit einem Jahr raus.«
»Und auf welcher warst du?«
»Scheiße!«, schreit er. »Nur Scheiße willst du wissen!«
»Komm, es interessiert mich.«
»Förderschule«, sagt er so leise, dass sie ihn nicht versteht.
»Wie bitte?«
»Förderschule!«, schreit Sven. »Ich bin strohdoof. Hat mir jeder Lehrer und jeder Psychofuzzy bescheinigt. Sogar schriftlich!«
Ihr fällt der Brief ein, den er ihr geschickt hat.
»Jetzt bist du bedient, was?« Nachdem er getrunken hat, hält er ihr den Martini hin.
»Nein danke.«

»Du trinkst!« Er drückt ihr die Flasche gegen die Brust. »Ein Abschiedsschluck! Oder hast du was gegen Doofe?«
Sie trinkt. Widerlich süß das Zeug.
»Du, es macht mir nichts aus, dass du nicht aufs Gymnasium . . . !«
»Komm mir bloß nicht mit der Mitleidstour!«, unterbricht er sie.
»Ich meinte doch bloß«, versucht sie es noch einmal.
»Raus!«
In der Straßenbahn ist sie der einzige Fahrgast. Der Fahrer beobachtet sie durch den Rückspiegel. Ein paarmal lächelt er. Irgendwann steigt sie aus und geht zu Fuß nach Hause.

»Was ist los?«, fragt ihre Mutter beim Abendessen. Anne antwortet nicht.
»Lass sie doch«, sagt ihr Vater.
»Sag schon«, bohrt ihre Mutter weiter.
»Lass sie!«
»Als Mutter habe ich ein Recht . . .!«
»Ich gehe Tagesschau gucken.« Er wirft die Serviette auf den Tisch und verschwindet im Wohnzimmer.
»Jetzt kannst du es mir sagen, Anne.«
»Was soll ich dir sagen?«
»Du hast Liebeskummer. Du hast bestimmt Liebeskummer!«
»Jaja.«
»Wer ist es?«
»Mein Deutschlehrer.«
Ihre Mutter lacht. »Das passiert schon mal. Ich habe mich kurz vor der mittleren Reife in meinen Sportlehrer verknallt. Ein toller Mann. Wie alt ist er denn?«
»Sechzig, schätze ich.«

»Was sagst du zu der ganzen Sache?«, fragt sie den Bären, nachdem sie sich in den Ohrensessel gesetzt hat. »Verrückte Kiste, oder?«

Otto liegt auf der Seite und schaut sie mit seinen Knopfaugen unverwandt an.

»Ich bin nicht verliebt, damit du es weißt. Kein Stück. Förderschule – hättest du das gedacht? Wo der Junge so gut Flöte spielt?«

Sie legt sich den Bären über die Schulter. Er brummt zufrieden.

»Du findest es natürlich gut, dass er mich rausgeschmissen hat, du eifersüchtiger Bock.« Der Bär fliegt in hohem Bogen aufs Bett. Anne setzt die Kopfhörer auf.

»Die Geschichte ist aus, Otto. Ich lasse mich nur einmal rauswerfen!«

8

Was war?«, fragt Inga am nächsten Tag.

»Sie sind ziemlich neugierig, gnädiges Fräulein.«

»Sag schon, alte Hexe!«

»Na gut. Er hat mich rausgeschmissen.«

»Rausgeschmissen?«

Anne nickt. Es ist große Pause. Gleich bekommen sie die Deutsch-Klausur zurück.

»Hast du dem Kleinen was getan?«, fragt Inga.

»Nein. Oder vielleicht doch. Ich war zu neugierig.«

»Scheint wirklich ein heißer Typ zu sein.«

»Vergiss ihn«, sagt Anne.

»Ich bin enttäuscht.« Der Deutschlehrer knallt die Tasche aufs Pult, packt die Klausuren aus und fächert sich damit Luft zu.

»Pass auf«, flüstert Inga. »Jetzt bittet er um ein Streichholz.«

»Meine Damen und Herren«, sagt der Deutschlehrer, »könnte mir vielleicht jemand ein Streichholz leihen?«

Die Klasse schweigt.

Dann legt er los. Niemand habe eines der Gedichte interpretiert. Seit einem halben Jahr machten sie im Unterricht nichts anderes. Und was sie mit dem armen Herrn Goethe angestellt hätten, spotte jeder Beschreibung. Man könne zu Goethe stehen, wie man wolle, aber das habe er nicht verdient.

»Hat Ihnen das Zitat denn nichts gesagt?«, beginnt er, eine Salve von Fragen auf die Klasse abzuschießen.

»Ist es vielleicht zu heiß gewesen?«

»Haben Sie vergessen, dass Deutsch zu den Hauptfächern gehört?«
»Wissen Sie eigentlich, dass Denken Spaß macht?«
Inga gähnt hörbar und beginnt, sich zu schminken.
»Nur die Inga« – die lässt überrascht den Spiegel sinken – »hat offensichtlich begriffen, worum es in dem Zitat geht. Ich erspare es mir, den Aufsatz vorlesen zu lassen. Der Stil ist jenseits von Gut und Böse. Aber inhaltlich – alle Achtung!«
Anne gibt ihrer Freundin einen Kuss.
»Kein Grund zur Euphorie. Die Zwei wird Sie nicht von Ihrem Ausreichend herunterbringen.«
Inga zuckt die Schultern und schminkt sich weiter.
»Und bei Ihnen, Anne«, fährt der Deutschlehrer fort, »habe ich zwar nicht verstanden, was Sie eigentlich sagen wollten, aber Sie haben das mit so viel Ausgewogenheit getan, dass ich Ihnen dringend empfehle, die Beamtenlaufbahn einzuschlagen.«
Die Klasse lacht. Anne wird rot. Mit einer Drei ist sie zufrieden.

»Wenn ich am Ende der Stunde nicht noch einmal zur Tafel geschaut hätte, säßen wir nicht hier«, sagte Anne bei einem Treffen in Alessandros Eiscafé. Es war Herbst geworden. Der Wind trieb Blätter über den menschenleeren Bahnhofsvorplatz.
»Was war mit der Tafel?«, fragte ich.
Sie trank ihren Cappuccino aus. »Da stand noch das Zitat.«

> »Übrigens ist mir alles verhasst,
> was mich bloß belehret,
> ohne meine Tätigkeit zu vermehren
> oder unmittelbar zu beleben.«

Sie sei über das letzte Wort gestolpert, erzählte sie mir. »Eigentlich nur über die letzten beiden Silben: beleben, le – ben. Es war mir völlig egal, was Goethe mit dem Zitat sagen wollte. Ich begriff nur eins: Ich musste zu Sven. Auf der Stelle.«
Sie fuhr mit der Straßenbahn zum Augusta-Krankenhaus. Als sie durch die Hecke kroch, sah sie, dass die Tür zur Laube offen stand. Sven war nicht da. Der Schachcomputer fehlte, die Bücher und die Matratze waren verschwunden. Auf dem Boden stand eine leere Martini-Flasche. Anne gab ihr einen Tritt. Sie flog gegen die Wand. Ein Stück vom Hals brach ab.
Von da an ging Anne jeden Tag auf dem Nachhauseweg an der Laube vorbei. Ein riesiger Umweg. Und am Ende nichts als Enttäuschung. Auf der Flasche setzte sich Staub ab. Spinnweben spannten sich von einer Ecke des Raumes zur anderen.
Eines Mittags fand sie zwei Stadtstreicher, die in den Sesseln schnarchten. Ein Dutzend leere Bierflaschen stand auf dem Boden.

Sven ist also wieder entwischt. Anne sucht ihn, ich suche ihn. Wie gesagt, die Stadt ist ziemlich groß. Jede Menge Möglichkeiten, sich unsichtbar zu machen. Ich könnte bei seinen Großeltern nachschauen. Aber ich glaube nicht, dass er ausgerechnet dorthin gegangen ist. Mit der Polizei hatte er auch nichts zu tun, sonst hätte mir die Dame von der Jugendgerichtshilfe etwas davon erzählt. Was tun? Am besten gehe ich zurück zur Laube. Anne ist gerade gegangen. Sven liegt auf der Matratze und trinkt.
Blöde Tussi, denkt er. Spielt sich auf wie 'ne Sozialtante.

Nichts in der Bluse, aber die große Mitleidsmasche. Die kann mich mal.
Die tief stehende Sonne scheint durchs Fenster. Draußen lärmen Vögel. Er schließt die Augen und hält sich die Ohren zu. Ich werde noch verrückt, denkt er. Das ist doch nicht normal, dass alles schiefgeht. Er öffnet die Augen und schaut sich um. Müll, nichts als Müll. Und das soll Anne gefallen?
»Idiot!«, sagt er laut. »Förderschüler! Schwachkopf!«
Als die Flasche leer ist, steht er auf, geht nach draußen und steckt den Kopf in die Regentonne.
»Idiot«, sagt er noch einmal und schüttelt sich. Dann stopft er den Computer und die Bücher in den Beutel, rollt die Schaumgummimatratze zusammen und verschwindet durch die Hecke.

Mafia wohnt hinter dem Bahnhof. Eigentlich heißt er Giuseppe Laroni. Sven hat ihn kennengelernt, als er im Altersheim spülen musste. Mafia war ebenfalls dazu verdonnert worden. Autodiebstahl. Bei der Arbeit haben sie nicht geredet, aber auf dem Weg nach Hause hat Mafia gesagt, dass Sven zu ihm kommen könne, wenn er mal in Schwierigkeiten sei. Er dürfe ihn ruhig Mafia nennen. So hieße er bei seinen Freunden.
Sven muss lange warten, bis sich die Haustür öffnet. Mafia trägt ein weißes T-Shirt und eine weiße Hose. Sein Haar ist zerzaust.
»Hallo«, sagt Sven.
»Bist du nicht der Typ aus dem Altersheim?«, fragt Mafia.
Sven nickt.
»Was willst du?«

»Du hast gesagt, dass ich zu dir kommen kann, wenn ich Schwierigkeiten habe.«
»Na und?«
»Ich weiß nicht, wo ich heute Nacht pennen soll«, sagt Sven.
»Bist du von zu Hause abgehauen?«
»Schon vor einer Woche.«
»Wo hast du bisher gepennt?«
»Irgendwo.«
»Warum bist du da weg?«
»Meine Sache«, antwortet Sven. »Was ist? Kannst du mir helfen?«
»Komm erst mal rein.«
Mafias Zimmer ist winzig. Ein schmales Bett, ein niedriger Tisch, ein Sessel, ein Waschbecken an der einen Wand, ein Kleiderschrank an der anderen. Auf dem Tisch Reste einer Mahlzeit, der Aschenbecher lange nicht geleert.
»Was mache ich mit dir?«, fragt Mafia, als sich Sven in den Sessel gesetzt hat. »Bei mir kannst du nicht bleiben. Zu wenig Platz. Das siehst du selbst. Außerdem kriege ich manchmal Besuch.« Er zwinkert Sven zu. »Du verstehst schon.«
Sven nickt.
»Heute Nacht schläfst du hier«, sagt Mafia. »Morgen bringe ich dich zu Ede. Vielleicht weiß der was.«
»Wer ist Ede?«
»Wirst schon sehen.«
Mafia holt Brot, Marmelade, ein Stück Salami und Margarine aus einem Schränkchen neben dem Bett.
»Hier, iss. Soll keiner sagen, Giuseppe Laroni weiß nicht, was sich gehört.«
»Du bist in Ordnung«, sagt Sven, nachdem er fertig gegessen hat.

»Vergiss es.« Mafia wirft sich aufs Bett. »Haben sie dich noch mal zum Spülen geschickt?«
Sven schüttelt den Kopf. »Ich hab sechs Wochen gesessen.«
»Wofür?«
»Paar Brüche. Und du?«
Mafia lacht. »Mich kriegen sie nicht mehr. Ich bin zu clever.«
»Hast du einen Job?«
»Bin ich blöde?«
Über dem Bett hängen Bilder von nackten Frauen.
»Die Originale sind besser«, sagt Mafia und zieht sich aus. »Wir müssen morgen früh raus.«
»Warum?«, fragt Sven.
»Ich habe seit drei Monaten die Miete nicht bezahlt. Morgen will sich der Hausbesitzer das Geld persönlich abholen. Der soll ruhig noch ein bisschen auf seine Mäuse warten.«

Am nächsten Morgen schellt der Wecker um fünf.
»Los, Tempo!«, ruft Mafia, als Sven nicht schnell genug aufsteht. »In zehn Minuten müssen wir weg sein!«
Draußen ist es kühl.
Kein Mensch auf der Straße. Die Rollladen an den Fenstern sind noch heruntergelassen.
»Wer ist Ede?« Sven hat Mühe, mit Mafia Schritt zu halten. Der Italiener ist zwei Köpfe größer als er.
»Ein dufter Typ. Wirst schon sehen.«
Sie trödeln durch die Fußgängerzone, schauen sich die Auslagen an und spielen mit einer leeren Bierdose Fußball. Als die Sonne die untersten Stockwerke der Häuser erreicht, machen sie sich auf den Weg zu Ede.
»Edes Zweiradladen« liegt in einer heruntergekommenen

Straße im Norden der Stadt. Von den Fassaden blättert der Putz, viele Hauseingänge und Fenster sind zugemauert. Die Straße zeigt noch die Frostaufbrüche vom letzten Winter. An einer verlassenen Tankstelle verrosten die Zapfsäulen. Neben Edes Geschäft liegt ein freier Platz, von Pfützen übersät. In seiner Mitte verrottet das Wrack eines Lastwagens.

Als die beiden den Laden betreten, bimmelt eine Türglocke. Ede steht hinter der Verkaufstheke. Er ist nicht größer als Sven. Ein rotes, rundes Gesicht unter einer Glatze, eine windschiefe Nase und blaue Augen, die vor Müdigkeit zuzufallen drohen. Über dem Bauch spannt sich ein grauer Kittel. Er gibt Mafia die Hand. »Wen hast du da mitgebracht?«

»Das ist Sven. Er ist von zu Hause abgehauen.«

»Warum?«

»Meine Sache«, antwortet Sven und schaut sich um. Im Schaufenster stehen Tourenräder und ein BMX-Rad, zwei Mofas hängen von der Decke.

»Ein höflicher junger Mann, dein Freund«, sagt Ede und wischt sich mit einem Taschentuch über die Glatze.

»Ich hau ab«, knurrt Sven und hebt die Matratze auf.

Mafia hält ihn am Arm fest. »Kannst du ihm nicht helfen, Ede?«

»Soll ich ihn adoptieren?«

»Vielleicht kann er erst mal hier schlafen.«

»Im Laden? Bist du verrückt?«

»Oder bei dir zu Hause«, sagt Mafia.

»Geht auch nicht. Was machen wir mit dir?« Ede schaut Sven lange an. »Also gut. Wenn du tagsüber nicht weißt, wohin, komm hierher. Kannst ein bisschen helfen. Was zum Beißen habe ich auch. Aber für nachts musst du dir was anderes suchen. Kennst du irgendjemanden?«

Sven schüttelt den Kopf.
»Ihr könntet mal die neuen Räder auspacken«, sagt Ede.
»Ich habe was vor«, verabschiedet sich Mafia.
»Und du, Sven?«
»Gibt's danach was zu essen?«
»Magst du Eintopf?«

9

Der Jugendtreff in der Nordstadt ist am Nachmittag ausgestorben. Zwei kleine Jungen spielen am Kicker, zwei andere räumen den Bastelraum auf, ein Mädchen hockt in einem Sessel und liest einen Comic. Das Gebäude, roter Backstein innen und außen, wirkt kalt trotz der bunten Zeichnungen an den Wänden. Alles sieht ziemlich neu aus, nur die Möbel im Videoraum sind abgewetzt und dreckig.

»Du warst noch nie hier.« Ein Mann mit Nickelbrille und blondem Vollbart kommt auf Anne zu. Er trägt lilafarbene Bermuda-Shorts und ein offenes Hemd. Sie nickt.

»Es geht erst gegen Abend richtig los«, fährt er fort. »Am Eingang hängt das Programm. Was würdest du gern machen?«

»Ich suche jemanden«, antwortet sie.

»Vielleicht kenne ich ihn.«

»Er heißt Sven, Sven Klinkmann.«

»Der Name sagt mir nichts. Wie sieht er aus?«

»Ziemlich klein. Kurze schwarze Haare, alte Klamotten. Er spielt Blockflöte.«

»Blockflöte?« Der Betreuer lacht. »Nein, so einer ist noch nie bei uns gewesen.«

»Wo würden Sie jemanden suchen, der keine richtige Bleibe hat?«

Der Mann überlegt. »Wie alt ist der Junge?«

»Siebzehn, glaube ich«, antwortet Anne.

»Dann würde ich zuerst im Hauptbahnhof suchen.«

»Warum?«

»Ist er dein Freund?«
Sie zuckt die Schultern.
»Am Hauptbahnhof finden die Jungen immer einen, der sie mitnimmt.«
»Sie meinen – Schwule?«
Der Betreuer nickt.
»Das würde Sven nie tun!«
»Versuche es trotzdem dort. Wenn man nicht weiterweiß, tut man manches.«

Als Anne den Bahnhof erreicht, laufen gerade mehrere Vorortzüge ein. Sie stellt sich neben den Fahrkartenschalter und wartet, bis die Leute in Bussen und Straßenbahnen verschwunden sind. Dann macht sie sich auf die Suche, beginnt mit den Bahnsteigen, geht hinunter zu den Gepäckaufbewahrungsfächern, zu den Toiletten, lässt kein Eckchen der weitläufigen Eingangshalle aus. Nichts. Ein paar Jugendliche stehen herum, schauen ihr zu. Einer von ihnen, ein Junge mit unordentlichen blonden Haaren und einem aschgrauen Gesicht, stellt sich ihr in den Weg.
»Was ist mit dir los?«
Sie versucht, ihn beiseitezuschieben.
Er hält sie am Arm fest. »Suchst du einen Freier?«
»Was?« Sie reißt sich los.
»Ich kann dir einen besorgen. Ich brauche nur anzurufen. Du bist noch neu, oder?«
Anne schluckt. »Kennst du einen Jungen, der Blockflöte spielt? Er hat kurze schwarze Haare und trinkt immer Martini.«
»Klar kenne ich den.«
»Weißt du, wo ich ihn finde?«

Der Junge schüttelt den Kopf. »Er hat oft hier gespielt. Aber in den letzten Tagen habe ich ihn nicht mehr gesehen.« Er winkt den anderen Jugendlichen. »Wisst ihr, wo sie den Flötenspieler finden kann?«

»Er kommt bestimmt wieder her. Gib uns deinen Namen und wir sagen ihm, dass er sich bei dir melden soll«, sagt ein Junge in einer knallengen roten Lederhose.

»Seid ihr denn immer hier?«, fragt Anne.

Die Jugendlichen lachen.

»Wie heißt du?«

»Anne.«

»Wir sagen dem Flötenspieler Bescheid. Und wenn du mal 'nen schnellen Euro verdienen willst, komm her. Es gibt Typen, die stehen auf Bohnenstangen.«

»Siehst du hier irgendwo `ne Bohnenstange?«, fragt Anne.

Bleiben nur die Schrebergärten, denkt sie. Gerade hält ein Bus, der die Strecke in die östlichen Vororte fährt.

Sie steigt aus, als sie die ersten Schrebergärten sieht. Soweit man blicken kann, eine Laube neben der anderen.

»Öffentliche Grünanlage. Betreten erwünscht« steht auf einem Schild am Eingang. Sie durchläuft geharkte Wege. Links und rechts gepflegte Beete, viele Lauben haben einen neuen Anstrich, in den meisten Gärten wird gearbeitet. Aber nirgendwo eine Spur von Sven.

Mit brennenden Füßen setzt sich Anne schließlich in die Kleingartenkneipe und bestellt eine Cola. Die Stadt ist viel zu groß, denkt sie.

»Einen Euro fünfzig«, sagt die Kellnerin.

Anne kramt im Portemonnaie. »Kennen Sie alle, die hier eine Laube haben?«

Die Kellnerin nickt.

»Ich suche einen Jungen, der dahinten«, sie weist nach Süden, »gewohnt hat. Gleich an der Straße, in der Nähe vom Augusta-Krankenhaus.«

»Sie meinen bestimmt die Hütte vom alten Wieczorek. Seit er krank geworden ist, kümmert er sich nicht mehr darum. Manchmal wohnen Penner drin. Dem Alten ist das egal. Er macht's nicht mehr lange, sagt seine Frau. Es gibt schon jede Menge Leute, die den Garten übernehmen wollen.«

»Und der Junge?«, fragt Anne.

»Wie sieht er denn aus?«

»Solche Penner verkehren bei uns nicht«, sagt die Kellnerin, nachdem Anne Sven beschrieben hat.

»Er ist kein Penner.«

»Warum suchen Sie ihn dann beim alten Wieczorek?«

»Du bist spät dran«, sagt ihre Mutter, als sie nach Hause kommt.

Anne zuckt die Schultern.

Die Aschenbecher im Wohnzimmer quellen über. Sie trägt sie in die Küche.

»Was war los im Freibad?«

»Ich war nicht im Freibad.«

»Was hast du denn den ganzen Nachmittag gemacht?«

»Ich war in der Stadt«, antwortet Anne. »Geschäfte gucken.«

»Das tust du doch sonst nie. Hast du dich mit Inga verkracht?«

»Quatsch.«

»Aber irgendetwas stimmt nicht!«

»Lass mich in Ruhe. Mir ist schlecht«, sagt Anne.

Ihre Mutter greift in die Jackentasche. »Ein Brief für dich.

Kein Absender. Bestimmt wieder der Verrückte vom letzten Mal.«
Anne reißt ihr den schmalen Briefumschlag aus der Hand und rennt die Treppe hinauf. Ihre Mutter läuft hinter ihr her. Anne wirft die Tür ins Schloss und dreht den Schlüssel um.
»Bitte Anne«, ruft die Mutter, »lass mich rein!«
»Nein.«
»Ich bin deine Mutter!«
»Weiß ich!«
»Was steht in dem Brief?«
Keine Antwort.
»Du bringst mich noch ins Grab!«
Als sie die Schritte ihrer Mutter auf der Treppe hört, öffnet sie den Brief. Ein Fetzen Zeitung fällt ihr entgegen. Börsenberichte. Auf den Rand hat Sven geschrieben:

! zwei Uhr vor der Schule !

Sie lässt sich aufs Bett fallen, liest den Zettel noch einmal, knüllt ihn zusammen und steckt ihn in die Hosentasche.
»Morgen«, sagt sie zu Otto. »Morgen schon. Freust du dich?«
Der Bär liegt auf dem fehlenden Ohr und scheint zu träumen.
»Woran denkst du?«, fragt Anne.
»Keine Angst, Otto. Zwischen uns ändert sich nichts.«

10

Die letzte Stunde dauert eine Ewigkeit. Immer wieder schaut Anne auf die Uhr. Cézanne interessiert sie im Augenblick überhaupt nicht, obwohl Kunst zu den Fächern zählt, die sie noch einigermaßen erträglich findet.
»Was hast du?«, fragt Inga.
»Ich treffe mich mit Sven.«
»Der Typ heißt Sven?«
»Was dagegen?«
»Doch die große Liebe«, sagt Inga.
»Quatsch.«
Inga packt ihre Sachen ein. Sie bemüht sich, dabei möglichst viel Lärm zu machen.
»Noch eine Viertelstunde«, sagt der Kunstlehrer.
»Ich habe meine, meine – ach, Sie wissen schon«, sagt sie.
Die Klasse grinst.
»Gut, dann gehen Sie.«
»Verscheuche ihn nicht«, flüstert Anne ihrer Freundin zu.
»Keine Angst, ich gehe hinten raus.«

Sven lehnt an einem Baum. Er schaut ihr mit finsterem Gesicht entgegen. Seine Hose ist völlig verdreckt, das karierte Hemd am Ellenbogen durchgescheuert. Er ist blass.
»Du siehst nicht gut aus«, begrüßt ihn Anne.
Er zuckt die Schultern.
»Ich habe dich überall gesucht«, fährt sie fort.
Er dreht sich um und geht langsam die Straße hinauf.
»Hast du was?«, fragt Anne.

Er schweigt. Sie hält ihn am Arm fest. »Aus dir soll einer schlau werden. Du knallst mir eine, schmeißt mich raus, schreibst mir dann wieder Briefe. Und wenn wir uns sehen, kriegst du die Zähne nicht auseinander.«
»Warum hast du mich gesucht?«, fragt Sven.
»Ich wollte dich wiedersehen.«
»Ich wohne nicht mehr in der Laube.«
»Ich weiß. Da sind jetzt andere drin. Penner.«
»Scheiße.«
»Der Besitzer ist krank. Er kümmert sich nicht mehr um die Laube. Pech, dass du nicht mehr reinkannst. Wo wohnst du jetzt?«
»Irgendwo.«
»Warum bist du nicht in der Laube geblieben?«
»Du fängst schon wieder an wie . . . !«
». . . wie der Psychofuzzy. Entschuldige, Sven.«
Er holt eine volle Flasche Martini aus dem Beutel.
»Du trinkst sehr viel«, sagt Anne.
»Meine Sache.«
»Wohin gehen wir?«, fragt sie.
Er bleibt stehen. »Was willst du von mir?«
»Wieso?«
»Die Stricher im Bahnhof haben mir gesagt, dass du mich suchst.«
»Ich wollte dich wiedersehen.«
»Ach so, den Blockflötenspieler.«
»Nein, nicht nur den.«

»Dann küsste er mich«, erzählte mir Anne. »Drückte die Lippen ganz fest auf meine. Es tat weh.
›Warum hast du die Augen zugemacht?‹, fragte er hinterher.

Ich wurde rot.
›Du hast bestimmt schon oft geküsst.‹
Ich zuckte die Schultern.
›Hast du immer die Augen zugemacht?‹
›Nicht immer.‹
›Warum nicht?‹
›Hör auf, so was zu fragen.‹
›Komm, sag schon.‹
›Also gut. Wenn ich sehen wollte, was der Typ für ein Gesicht macht.‹
Dann küssten wir uns noch einmal. Richtig. Wir schauten uns die ganze Zeit über an und es machte mir überhaupt nichts aus, dass Sven nach Martini schmeckte.«
»Glauben Sie mir«, sagte Anne und bestellte ein Spaghetti-Eis, »von diesem Augenblick an war nichts mehr so wie vorher. Es hatte auch mit dem Küssen zu tun. Aber das war es nicht allein. Ich weiß nicht genau, wie ich es ausdrücken soll. Es war, als ob man merkt, dass Wasser trägt.«

Es ist Spätnachmittag, als sie den Laden betreten. Ede mustert Anne von oben bis unten, wischt die ölverschmierten Hände an einem Lappen ab und begrüßt sie.
»Du bist also Anne.« Er hat einen kräftigen Händedruck. Am Mittelfinger bleibt eine winzige Ölspur zurück.
»Schön, dass du zu ihm hältst«, sagt Ede.
»Wie meinen Sie das?«
»Wie ich's sage.«
»Alter Schwachkopf«, schimpft Sven. »Geh ins Altersheim!«
Ede brummelt irgendetwas und verschwindet in der Werkstatt.

»Was ist los?«, fragt Anne.
Sven schweigt. Er geht zum Mofa, das im Schaufenster hängt, und fährt mit der Hand an den Speichen entlang.
»Was ist los?«, wiederholt sie.
»Meine Sache.«
»Meint Ede das mit der Förderschule und dass du keine Lehrstelle hast und so?«
Sven schüttelt den Kopf.
»Was dann?«
»Wenn ich's dir sage, haust du bestimmt ab.«
»Bestimmt nicht.« Sie gibt ihm einen Kuss.
»Ich habe gesessen. Ede weiß das«, sagt er leise.
»Du hast was?«
»Gesessen. Sechs Wochen.«
»Wieso? Ich meine: Was hast du verbrochen?«
»Paar kleine Brüche«, antwortet er. »Ich hatte Hunger. Und da hab ich Lauben und Keller aufgemacht.«
Anne starrt ihn lange an. »Du bist verrückt«, sagt sie schließlich.
»Ich weiß«, sagt Sven. »Förderschüler und kriminell – das ist zu viel.«
Sie küsst ihn. Diesmal hält er die Augen geschlossen. »Du bist schön verrückt«, sagt sie.
Ede kommt in den Laden zurück und hustet. »Geht wenigstens vom Fenster weg!«
Sven zieht sie durch die Schwingtür in die Werkstatt.
»Hier.« Er zeigt auf ein verrostetes Mofa. »Gehört mir!«
»Langsam, langsam«, sagt Ede. »Das dauert noch 'ne Weile. Weißt du, Anne, wir haben einen Vertrag. Wenn Sven eine Lehrstelle findet, kriegt er das Mofa.«
Sie schaut sich um. An Flaschenzügen hängen Fahrräder mit

ausgebauter Schaltung. Überall liegt Werkzeug. Schläuche, Speichen und Bremszüge sind auf dem Boden verteilt. Neonröhren an der niedrigen Decke geben taghelles Licht.
»Warum nehmen Sie ihn nicht als Lehrling?«, fragt Anne.
»Ich komme selber knapp über die Runden. In dieser Gegend! Einen Lehrling könnte ich überhaupt nicht bezahlen.«
»Ich schaff's auch so.« Sven streichelt den Mofasattel. »In einer Woche gehört die Kiste mir!«
Ede grinst. »Dein Wort in Gottes Ohr. Übrigens, Mafia war hier. Er hat nach dir gefragt.«
»Was wollte er?«
»Keine Ahnung.«
»Komm, Anne, wir hauen ab.«
Die Ladenglocke bimmelt. Der Himmel hat ein samtenes Blau angenommen, ein schwacher Wind mildert die Hitze.
»Wer ist Mafia?«, fragt Anne.
»Mein Freund.«
»Komischer Name.«
»Eigentlich heißt er Giuseppe Laroni.«
»Ein Italiener?«
»Na klar.«
»Wo wohnst du jetzt«, fragt sie.
»Auf 'ner Baustelle.«
»Ist es sehr schlimm?«
»Es geht. Muss früh raus, morgens.«
Im Stadtpark setzen sie sich auf eine Bank. Sven holt eine winzige Nagelschere aus dem Beutel.
»Die müssen geschnitten werden.« Er fährt sich mit der Hand über den Kopf. »Kannst helfen, Anne.«
»Ich mache das allein.«

»Na, meinetwegen. Alle gleich. Halbes Streichholz.«
Die Schere ist stumpf. Anne reißt die Haare mehr oder weniger ab. Sven verzieht keine Miene. Nach einer halben Stunde ist sie fertig. Er streicht sich über den Kopf. Dann nickt er.
»Kannst du jetzt immer machen!«
Er trinkt. Die Flasche ist schon halb leer.
»Du trinkst sehr viel«, sagt Anne.
»Aber nur Martini!«
»Wo hast du das ganze Geld her?«
Er setzt die Flasche ab. »Bist du ein Bulle?«
»Quatsch. Es interessiert mich einfach.«
»Wenn ich's dir sage, bist du sauer.«
Anne lacht. »Wenn du es mir nicht sagst, bin ich noch viel saurer.«
Er nimmt einen großen Schluck. »Ich habe kein Geld«, sagt er leise.
»Aber du hast immer eine volle Flasche im Beutel!«, ruft sie.
»Ich nehme sie mit.«
»Wo?«
»In Supermärkten.«
»Heißt das, du klaust sie?«
Sven nickt.
»Bist du dabei noch nie erwischt worden?«
»Noch nie. Ich habe meine Tricks.«
»Soll ich dir Geld leihen?«, fragt Anne.
»Nein. Wenn ich eine Lehrstelle finde, kann ich mir das Zeug kaufen. Bis dahin komme ich schon klar.«
Es wird Abend. Die Schatten der Bäume zeichnen Streifenmuster auf die Rasenflächen. Der Stadtpark leert sich. Jogger laufen vorbei, schweißnasse Trikots, die Münder weit geöffnet, rudernde Bewegungen mit den Armen, stoß-

weiser Atem. Ein alter Mann schimpft hinter einem Läufer her.
»Bringst du mich zur Baustelle?«, fragt Sven.

Der warme Wind treibt sie durch die Stadt. Es riecht nach Benzin, Grillwürstchen und brackigem Wasser. Die Busse fahren leer, die Fahrer lassen die Vordertüren offen. In der Fußgängerzone hocken Punker auf den Blumenkübeln und trinken.
An einem Bauzaun bleibt Sven stehen. »Türken an die Wand«, hat jemand draufgesprüht. »Es lebe die internationale Solidarität«, steht darunter.
»Bis morgen«, verabschiedet er sich.
»Bis morgen. Wo treffen wir uns?«
»Vor der Schule – wenn du willst.«
Er hangelt sich am Zaun hoch. Anne hört seine Schritte im Kies, ein Brett knackt. Dann ist es still.

Ihre Mutter steht an der Tür, als sie nach Hause kommt.
»Weißt du, wie spät es ist, Anne?«
»Ja.«
»Um sieben gibt's Abendessen!«
»Ja.«
»Was denkst du dir eigentlich?«
»Ihr werdet ein Abendessen ohne mich überleben«, sagt Anne.
»Dein Vater ist sauer. Für ihn ist das gemeinsame Abendessen wichtig.«
»Warum hockt er dann immer stumm wie ein Fisch am Tisch?«
»Werde nicht frech!«, schimpft ihre Mutter. »Willst du noch was essen?«

»Keinen Hunger«, antwortet Anne.
»Ich mach mir Sorgen um dich, mein Kind.«
»Mein Kind« – jetzt muss ich zusehen, dass ich aufs Zimmer komme, denkt Anne.
»Ich muss noch was für die Schule tun. Grüß Vati von mir.«
»Willst du ihm nicht Gute Nacht sagen?«
»Lieber nicht. Noch eine Moralpredigt überlebe ich nicht!«

»Er hat mich geküsst.« Anne drückt Otto an sich. Durch das Fenster kommt der warme Wind herein. »Stell dir vor, er hat mich geküsst.«
Otto liegt auf dem Bett und scheint in die Matratze hineinzuhorchen.
»Und ich habe ihn auch geküsst, dass du's weißt«, fährt Anne fort. »Fürs erste Mal hat er es ganz gut gemacht. Kannst du dir das vorstellen, Otto, ein siebzehnjähriger Junge, der noch nie geküsst hat? Ich meine, so richtig?«
Sie lässt sich aufs Bett fallen. Der Bär plumpst auf den Boden.
»Siehst du, das haut dich um!«

11

Sven läuft geräuschvoll durch den tiefen Kies, dann bleibt er stehen. Vor ihm erhebt sich der Rohbau der neuen Bank. Ein Gerippe, das mit leeren Augen über den staubigen Platz starrt. Am riesigen Baukran hängt eine Mischmaschine. Der Wind treibt weiße Staubfahnen über den Platz. Im dritten Stock ist für einen Augenblick eine Gestalt zu erkennen. Sven hört Rufe, eine krächzende Antwort.

Er wartet, bis er sicher ist, dass Anne weit genug weg ist, geht zurück zum Zaun und klettert hinüber. In der Stadt schaut er sich die Auslagen an. Er hat Zeit. Erst wenn es dunkel ist, kann er bei Ede etwas unternehmen. Anne wird staunen.

Die Straßencafés sind überfüllt, die Kellner hasten mit gefüllten Tabletts über die Bürgersteige. Der Duft von Pizza steigt Sven in die Nase. Sofort meldet sich der Hunger. Er kramt in den Hosentaschen, obwohl er weiß, dass er dort nichts finden wird. Essen!, schreit es in ihm.

Er hasst die Stadtstreicher, die in den Unterführungen sitzen, einen Hut vor sich, den Kopf gesenkt und sich nicht einmal bedanken, wenn ein Geldstück in den abgewetzten Filz fällt. Aber jetzt hat er Hunger, den absoluten Mordswolfsbärenhunger. Jetzt ist ihm alles egal.

»Hast du mal 'nen Euro für mich?« Er geht auf einen jüngeren Mann mit Lederjacke zu, der vor einem Kino steht.

»Zieh Leine«, murmelt der, ohne ihn anzusehen.

»Arschloch«, knurrt Sven.

Auch bei einem älteren Mann, der seinen Pudel spazieren

führt, und einem Ehepaar hat er kein Glück. Die Frau schaut ihren Mann empört an und zieht ihn weiter. Sven schnappt das Wort »Arbeitsdienst« auf.
Dann eben Scheiße fressen, denkt er und bleibt vor einem Schnellimbiss stehen. Als alle Kunden gegangen sind, geht er hinein.
»Hast du mal 'ne Wurst?«, fragt er den Verkäufer.
»Was für eine? Curry-, Jäger-, Zigeunerwurst? Oder willst du 'ne schlichte Bockwurst?«
»Egal. Aber ich hab kein Geld.«
»Mach, dass du rauskommst, hier gibt's nichts umsonst! Bin ich vielleicht die Heilsarmee?«
»Hast du auch keine verbrannte Wurst für mich?«
Der Verkäufer schaut ihn zum ersten Mal an. »Wenn du dir unbedingt den Magen verderben willst . . . !« Er nimmt ein merkwürdiges Etwas vom Grill. Es sieht aus wie eine Kreuzung zwischen Lakritzstange und Hundekuchen. »Wohl bekomm's!«, ruft er hinter Sven her.
»Geiziger Fettsack!«, brüllt der zurück.

Es ist stockdunkel, als er Edes Laden erreicht. Er drückt sich in den Schatten der Mauer. In einigen Fenstern brennt Licht. Aus anderen dringt der grünliche Schein der Fernseher. Später schlagen Fensterläden, Rollladen rattern herunter, ein Mann mit Hund kehrt vom Nachtspaziergang zurück, ein Auto mit grölenden Jugendlichen kurvt in rasender Fahrt über den Platz und verschwindet in einer Hauseinfahrt. Sven wartet, bis alle Lichter ausgegangen sind, löst sich von der Mauer und klettert über den Maschendrahtzaun, der den Hof von Edes Laden begrenzt.
Die Tür zur Werkstatt ist verschlossen. Sven zieht sein Hemd

aus, wickelt es um die Faust und zertrümmert mit einem kurzen Hieb die Scheibe des Fensters neben der Tür. Dann schlägt er die Reste aus dem Rahmen und klettert in die Werkstatt. Es ist stockfinster. Er stolpert über herumliegendes Werkzeug.
In eine Ecke des Raumes hat Ede alte Fahrräder zum Ausschlachten geworfen. Sven muss lange herumtasten, bis er das Mofa gefunden hat. Es liegt unter einem Berg von Schläuchen und Reifen. Er gräbt es aus und schiebt es zum Fenster. Als er es hinunterlassen will, kann er es nicht mehr halten, Lenkrad und Sattel gleiten ihm aus den Händen, das Mofa stürzt unter lautem Geschepper in den Hof.
Sven wartet einen Augenblick. Als es ruhig bleibt, springt er hinaus. Der Spiegel hat sich beim Sturz verbogen, sonst scheint das Mofa in Ordnung zu sein. Über den Zaun kriege ich die Kiste nicht, denkt er und klettert zurück in die Werkstatt. Nach kurzem Suchen findet er den Bolzenschneider.
Der Zaun ist aus dünnem Maschendraht. Nach ein paar Minuten hat er ein Loch geschnitten, groß genug, um das Mofa hindurchzuschieben. Er verschließt die Öffnung so, dass sie am nächsten Morgen nicht gleich auffällt. Den Bolzenschneider wirft er in eine Mülltonne.

Es wird schon hell, als er das Haus erreicht, in dem Giuseppe Laroni wohnt. Es dauert endlose fünf Minuten, bis Mafia die Tür öffnet.
»Bist du wahnsinnig! Weißt du, wie spät es ist?«
»Keine Ahnung.«
»Du kannst nicht bei mir pennen. Ich habe Besuch.«
Mafia macht sich grinsend den Hosenstall zu. Auf der nackten Brust sieht Sven rote Kratzer.

»Ich muss was verstecken«, sagt er.
»Was denn?«
»Die Karre.«
»Hast du die Mühle etwa geklaut?«, fragt Mafia, nachdem er das Mofa begutachtet hat.
Sven nickt.
»Bring sie zum Schrottplatz. Vielleicht kriegst du noch ein paar Euro dafür.«
»Ich will sie aufmöbeln. Weißt du, wo ich sie verstecken kann?«
Der Italiener kratzt sich an der Brust. »Warte!«
Als er wieder herunterkommt, hat er Schuhe angezogen und eine Jacke über den nackten Oberkörper gehängt.
»Die Alte wollte schon wieder was«, grinst er. »Kann gar nicht genug kriegen. Los, komm!« Er zündet sich eine Zigarette an. »Auch eine?«
Sven schüttelt den Kopf.
Schweigend umrunden sie den Häuserblock, überqueren eine Hauptstraße, wo die erste Straßenbahn an ihnen vorüberfährt, passieren einen Sportplatz und erreichen schließlich eine Siedlung mit dreistöckigen Häusern, die alle gleich aussehen. Quadratische Fenster, Balkon, flaches Dach, Gemeinschaftsantenne.
Um einen kleinen Platz stehen zwei Dutzend Garagen. Mafia schließt eine auf. Sven sieht einen silberfarbenen Wagen. Die Marke kann er in der Dunkelheit nicht erkennen.
»Wem gehört der?«, fragt er leise.
»Dreimal darfst du raten!«
»Hast du den geklaut?«
»Hab ich nicht nötig. Einen BMW hat man eben.«
»Wie schnell ist der?«

»Schneller als deine Schrottmühle auf jeden Fall.«
»Wenn du so viel Kohle hast – warum kannst du dann die Miete nicht bezahlen?«, fragt Sven.
»Geht dich nichts an. Stell die Karre rein. Ich hab noch zu tun. Du weißt schon.«
»Kann ich sie hier aufmöbeln?«, fragt Sven, nachdem er das Mofa vorsichtig neben den Wagen an die Garagenwand gelehnt hat.
»Meinetwegen.«
»Kannst du mir helfen?«
»Soll ich dich auch noch aufs Töpfchen setzen?«

Als sie sich verabschieden, ist es hell. Sven läuft, so schnell er kann, zur Baustelle und klettert über den Zaun. Über wacklige Leitern erreicht er den dritten Stock. Überall lautes Geschnarche. Mindestens drei Stadtstreicher, darunter einige Frauen, schlafen auf Zeitungen und Decken. Leere Flaschen stehen herum, auf dem Fußboden sind die Reste von Feuerstellen zu sehen. Ein alter Mann mit einem wilden, schmutzig grauen Bart packt seine unzähligen Plastikbeutel zusammen, unablässig vor sich hin murmelnd. Er beachtet Sven nicht.
Die Matratze liegt noch da, wo er sie am Morgen des vorigen Tages zurückgelassen hat, hinter dem Kachelstapel. Vorsichtig klettert er die Leitern hinunter. Als er über den Zaun steigt, halten Busse mit Bauarbeitern. Es muss gegen sechs sein. Noch acht Stunden, bis er Anne trifft. Im Stadtpark legt er sich unter ein Gebüsch und schläft sofort ein.

12

Da ist er ja wieder, dein Kleiner«, sagt Inga, als sie mit Anne das Schulgebäude verlässt.
»Alte Hexe!«
»Er ist wirklich süß. Dieses Schmollmündchen!«
»Denk an Goethe«, sagt Anne.
»Was hat der Kleine mit unserem Johann Wolfgang zu tun?«
»Erinnerst du dich an das Zitat aus der letzten Klausur?«, fragt Anne zurück.
»Logo. Meine erste Zwei in der Oberstufe – und wahrscheinlich auch die letzte.«
»Der Sven belebt mich unmittelbar«, sagt Anne. »Er ist nicht so ein Showheini wie die anderen Typen.«
»Und was macht ihr so Besonderes?«
»Eigentlich nichts. Es ist einfach aufregend mit ihm.«

Inga bleibt zwei Schritte vor Sven stehen und betrachtet ihn von oben bis unten. »Ich habe gehört, du spielst wahnsinnig Blockflöte. Spiel doch mal was.«
»Keine Lust.«
»Du sollst auch so eine knallharte Rechte haben«, fährt sie fort. »Sagt wenigstens Anne.«
»Willst du mich anmachen, oder was?«
Inga gibt ihrer Freundin einen Kuss. »Einen tollen Typ hast du dir gefischt. Echt interessant.«
»Sie ist immer so«, sagt Anne, als sie mit Sven allein ist.
»Du hast ihr von der Ohrfeige erzählt.«

»Sie ist schließlich meine Freundin.«
»Was hast du ihr noch von mir erzählt?«
»Dass du toll Blockflöte spielst. Sonst nichts, ehrlich«, antwortet Anne.
»Sie ist 'ne blöde Tussi.«
»Sie ist in Ordnung.«
»Sie hält sich für was Besseres.«
»Du kennst sie nicht. Wohin gehen wir?«
»Zur Laube.«
»Aber da sind die Penner drin!«
»Nicht mehr lange. Ich schlafe nicht mehr auf Baustellen!«
An einem Fußgängerüberweg küssen sie sich. Die Ampel wird grün, rot, wieder grün.
»Du hast noch nicht getrunken«, sagt Anne, als sie über die Straße gehen.
»Du merkst auch alles.«

Die Gartenlaube steht offen. Sie hören zweistimmiges Schnarchen. Sven legt vorsichtig den Beutel und die Matratze, die sie aus dem Stadtpark geholt haben, auf die Erde. Aus dem geöffneten Fenster schlägt ihnen eine Alkoholwolke entgegen. In einem der Sessel schläft ein alter, stoppelbärtiger Mann mit zerfurchtem Gesicht. Er hat den zerschlissenen Lodenmantel geöffnet. Die Füße in hohen Turnschuhen stoßen gegen eine Galerie leerer Flaschen. Unter dem Fenster liegt der andere. Er hat das Gesicht zur Wand gedreht.
»Wie kriegen wir sie raus?«, fragt Anne, als sie wieder auf der Straße stehen.
»Kleine Fische. Du musst nur laut schreien.«
»Und was?«
»Hier sind sie, Herr Wachtmeister!«

»Das soll funktionieren?«
»Du wirst schon sehen.«
»Warum machst du das nicht, Sven?«
»Du hast gute Klamotten an. Vor mir hätten sie keine Angst.«
»Und wenn sie uns verprügeln?«, fragt Anne.
»Penner sind harmlos. Mach schon!«
Vorsichtig kriecht sie durch die Hecke und rennt gebückt zur Tür. Die Schnarchgeräusche haben sich nicht verändert. Sie holt tief Luft und springt in die Türöffnung. »Hierher, Herr Wachtmeister, hier sind sie!«
Sie sieht noch, wie die Männer erschrocken hochfahren, dann hockt sie sich neben die Regentonne. Sekunden später stolpern die beiden Stadtstreicher an ihr vorbei, in den Händen prall gefüllte Plastiktüten, und verschwinden durch die Hecke.
»Was habe ich gesagt?« Sven fällt ihr um den Hals. »Kleine Fische!«
Die Stadtstreicher haben die Flaschen zurückgelassen. Sven trägt die Bierflaschen hinter die Laube, die anderen wirft er über die Hecke. Anne sammelt inzwischen Zeitungspapier und Zigarettenkippen auf und bringt sie nach draußen. Dann schüttet sie Wasser aus der Regentonne durch den Raum und wischt mit einem Stofffetzen nach, den sie in einem der Sessel gefunden hat. Als sie damit fertig ist, legt Sven die Matratze unters Fenster. Sie lässt sich neben ihn fallen.

Zwei Stunden später bleiben die Sonnenstrahlen in den Spinnweben an der Holzdecke hängen. Die leere Martini-Flasche wirft grüne Schatten auf den Boden. Der Staub auf der Fensterbank glitzert.
Draußen lärmen Vögel. Die Hitze im Raum hat nachgelas-

sen. Ein leichter Wind trocknet den Schweiß auf Annes Bauch.
Sie richtet sich auf. Ein Spinnfaden kitzelt sie an der Schulter. Sven atmet regelmäßig. Vorsichtig zieht sie den Arm unter seinem Kopf weg. Er dreht sich um und legt die Hand auf ihren Bauch. Sie hat auf einmal Hunger.
»Bist du wach?«, fragt Sven, ohne die Augen zu öffnen.
»Nein. Ich schlafe tief und fest.«
»Woran denkst du?«
»Ich bin gerade aufgewacht.«
Er öffnet die Augen, schaut sie von oben bis unten an und gähnt.
»Und?«, fragt er.
»Was ›und‹?«
»Wie war's?«
»Schön«, antwortet sie.
»Und ich?«
»Bitte nicht.«
»Ich hab's also nicht gebracht.«
»Quatsch!«
»War ich gut?«
»Das will jeder wissen.«
Sven dreht sich auf den Bauch. »Also jeder. Wie viel ist jeder?«
»Na, hör mal!«
Er richtet sich auf. »Sag schon!«
»Du bist wohl verrückt. Das geht dich gar nichts an!«
Er packt sie an den Oberarmen. »Fünf, zehn, hundert?«
»Lass los, du tust mir weh!«
»Wie waren sie?«, schreit er weiter. »Waren sie besser als ich? Ja? Konnten sie öfter? Los, sag schon!«

Sie reißt sich los. »Du machst alles kaputt, Sven! Natürlich bist du nicht der Erste. Aber ich dachte, du wärest anders. Von wegen! Ihr habt alle nur eins im Kopf: Wer ist der Größte? Wer kann die meisten Mädchen aufs Kreuz legen? Ich finde euch zum Kotzen!«

»Du warst die Erste«, sagt Sven leise. »Ehrlich.«

»Warum fragst du dann so ein dummes Zeug?«

»Ich will nicht, dass du mit anderen geschlafen hast. Ich will es einfach nicht.«

Anne kauert sich auf die Matratze. »Es ist nun mal so. Ich kann es nicht ändern. Außerdem mache ich, was ich will. Ich gehöre dir nicht. Ich gehöre niemandem.«

Er versucht, sie an sich zu ziehen. Sie schiebt ihn weg.

»Ich gehöre dir«, sagt er. »Nur dir.«

»Idiot!«

Er legt den Kopf in ihren Schoß. Sie verschränkt die Arme über der Brust.

»Wenn du willst, trinke ich keinen Tropfen mehr und suche mir 'ne Lehrstelle.«

»Darum geht es doch gar nicht.« Sie steht auf, zieht sich an und setzt sich in den Sessel mit der kaputten Sprungfeder.

»Ich verstehe wohl überhaupt nichts«, murmelt Sven.

Sie zuckt die Schultern. »Spiel mir was.«

»Zum Abschied?«

»Ich weiß nicht. Du willst so viel.«

13

Es regnet. Seit drei Tagen ertrinkt die Stadt. Zwischen Himmel und Erde steht eine graue Wand, feucht und schwer, als ob sie nie mehr weichen wolle. Am Anfang haben alle aufgeatmet. Manche haben sich ausgezogen und sind splitternackt durch den Regen gelaufen. Der Unrat, der sich in den Wochen der Hitze auf Straßen und Bürgersteigen angesammelt hatte, ist in den Gullys verschwunden, die braunen Rasenflächen haben sich in wenigen Stunden erholt.
Heute, am dritten Tag liegt der Regen wie ein schwerer Mantel auf der Stadt. Missmut macht sich breit. Die Balkonblumen lassen die Köpfe hängen, einige Keller in tiefer gelegenen Stadtteilen sind vollgelaufen, Öljacken haben Hochkonjunktur. Der Wetterbericht kündigt weitere Regenfälle an.
Sven kümmert das alles nicht. Das Dach der Laube ist dicht, das Fenster ebenso, die Regentonne enthält endlich nichts anderes als frisches Wasser. Er kommt nur zum Schlafen. Die übrige Zeit verbringt er in Mafias Garage.
Am Anfang hat er gedacht, er schafft es nicht. Beide Räder hatten einen mächtigen Schlag, die Bremsanlage war defekt, die Beleuchtung ebenso, der Lenker war nicht zu fixieren. Anspringen wollte das Mofa auch nicht.
Mafia hat ihm viel geholfen, hat irgendwoher Ersatzteile und Werkzeug organisiert. Am ersten Tag des großen Regens haben sie Brems- und Beleuchtungsanlage repariert, am zweiten Räder und Lenkung erneuert. Jetzt versuchen sie, das Mofa in Gang zu bringen.

»Scheißkarre!«, schimpft Sven, nachdem er zum hunderttausendsten Mal die Pedale getreten hat. Es tut sich nichts. Nicht einmal ein winziges Wölkchen kommt aus dem Auspuff.
»Das kriegen wir schon hin«, beruhigt ihn Mafia.
Sven schüttelt den Kopf. »Im Leben nicht.«
Der Italiener baut noch einmal den Vergaser aus, reinigt ihn und setzt ihn wieder ein.
Sven tritt das Pedal, zweimal, dreimal.
Beim vierten Mal gibt es einen Knall. Schwarzer Qualm dringt aus dem Auspuff. Er startet erneut, der Motor beginnt zu knattern, zunächst unregelmäßig und asthmatisch, dann läuft er rund.
»Wahnsinn!«, schreit Sven durch den Lärm. »Wahnsinn!«
»Mach die Karre aus!«
»Und wenn wir sie nicht wieder ankriegen?«
»Mach sie aus!«
Als der Lärm verstummt ist, stellen sie sich in den Garageneingang. Der Regen fällt gleichmäßig aus einem nicht vorhandenen Himmel. Der Platz vor ihnen hat sich in einen See verwandelt.
»Kein Tag für eine Probefahrt«, sagt Sven traurig.
»Du brauchst ein Versicherungsschild«, stellt der Italiener fest und zündet sich eine Zigarette an. »Ich besorg dir eins.«
Er fährt den Wagen aus der Garage. Sven hockt sich auf den Beifahrersitz. Alles Leder, das Armaturenbrett aus Walnussholz, eine gigantische Stereoanlage.
Sie durchqueren die Stadt, fahren ein Stück über die Autobahn und landen im Industriegebiet. Mafia hält an einem Schrottplatz.
»Bin gleich wieder da! Fahr nicht weg!« Der Italiener ver-

schwindet in einer Wellblechbaracke. Nach fünf Minuten ist er zurück, in der Hand ein Versicherungsschild.

»Gilt bis Ende des Jahres.« Er lässt den Motor an. »Kostet dich'n Zehner.«

»Hab kein Geld.«

»Dann bringe ich es wieder zurück. Sieh zu, wie du an ein Schild kommst!«

»Warte«, sagt Sven. »Ich gebe dir das Geld, sobald ich es habe.«

»Wie willst du an Geld kommen?«

»Meine Sache.«

Die Autos haben Licht eingeschaltet, der Abend beginnt am frühen Nachmittag. Der Regen trommelt unermüdlich aufs Autodach. Sven schließt die Augen und nickt ein.

»He, wir sind da!« Mafia schüttelt ihn an der Schulter. »Du, ich habe eine Idee. Wenn du mir hilfst, schenke ich dir das Versicherungsschild.«

Sven reibt sich die Augen. »Wobei soll ich dir helfen?«

»Kleine Sache. Nichts Wichtiges. Ein bisschen aufpassen.«

»Schmiere stehen«, sagt Sven.

Mafia nickt.

»Wo?«

»Rathaus. Heute Nacht«, antwortet der Italiener.

»Was willst du im Rathaus?«

»Brüll nicht so! Stempel holen.«

»Stempel?«

»Im Augenblick die große Masche. Verkaufe ich an Afrikaner. Die bezahlen jeden Preis.«

»Wofür brauchen die Stempel?«

»Was weiß ich! Für Aufenthaltsgenehmigungen und so! Also, machst du mit?«

Sven setzt sich auf den Boden und starrt in den Regen. »Ich bin dabei«, sagt er irgendwann. »Was springt für mich raus?«
»Das Versicherungsschild«, antwortet Mafia und schnipst die Zigarette in den Regen. Sie verlöscht mit einem leisen Zischen.
»Du hast sie nicht alle«, sagt Sven.
»Schließlich liefe die Schrottmühle nicht ohne mich.«
»Mach den Bruch allein.« Sven steht auf.
»In Ordnung, Kleiner. Einen Riesen für dich, wenn alles klappt. Und das Versicherungsschild.«
»Wann geht's los?«
»Mitternacht. Vielleicht können wir noch öfter was zusammen machen.«
Sven schüttelt den Kopf. »Das ist das erste und das letzte Mal. Ich brauche das Mofa und ein bisschen Kohle. Unbedingt.«
»Wofür?«
»Meine Sache. Ich helfe dir – dann sind wir quitt. Und sag nie mehr ›Kleiner‹ zu mir.«

Kurz vor Mitternacht treffen sich Mafia und Sven gegenüber dem Rathaus. Die Innenstadt ist wie ausgestorben, nur in den Auslagen der Geschäfte brennt Licht. Die beiden warten, bis ein Nachtwächter die Uhr an einem Juwelierladen gedrückt hat. Dann gehen sie langsam über die Straße. Der Schatten des vielstöckigen Gebäudes verschluckt sie.
Mafia kauert sich vor ein Kellerfenster und öffnet den mitgebrachten Beutel.
»Steh nicht rum!«, zischt er. »Guck nach, ob jemand kommt!«
Als Sven zurückkehrt, hat Mafia mit einem Glasschneider ein

kreisrundes Loch ins Fenster geschnitten und klebt gerade einen dicken Kaugummi darauf. Es knirscht, als er das ausgeschnittene Stück heraushebt. Dann greift er nach innen und drückt einen Hebel herunter.

»Wenn jemand kommt, pfeifst du, so laut du kannst, und verduftest.« Mafia lässt sich durch die enge Öffnung nach unten gleiten und ist im nächsten Augenblick verschwunden.

Es bleibt alles ruhig. Einmal hört Sven ein Martinshorn, das zuerst näher kommt, sich dann aber wieder entfernt. Der Regen läuft ihm übers Gesicht, er ist bis auf die Haut durchnässt. Und nirgendwo eine Möglichkeit, sich unterzustellen.

Schon nach kurzer Zeit hört er durch das Kellerfenster die Tritte von Mafias Turnschuhen. Einen Augenblick später taucht der Italiener auf, von einem Ohr zum anderen grinsend.

»Alles klar?«, flüstert Sven.

»Kleinigkeit«, antwortet Mafia leise. »Los, weg!«

Die beiden bleiben erst stehen, als sie die halbe Stadt zwischen sich und das Rathaus gebracht haben.

»Was ist mit meinem Hunderter?«, fragt Sven.

»Erst muss ich die Stempel verkaufen.«

»Ich brauche das Geld aber jetzt!«

»Stell dich nicht an. Einen Tag wirst du warten können!«

»Gib mir wenigstens fünfzig Euro«, sagt Sven.

»Keinen Cent.«

Sven hält Mafia am Ärmel fest. »Wenn du mich bescheißen willst – dann mache ich dich alle!«

»Keine Panik, Kleiner. Hat doch alles super geklappt. Morgen sind die Stempel verkauft.«

Sven wischt sich den Regen aus dem Gesicht. »Ich bringe das Mofa zu mir.«

»Warum? Die Karre steht doch gut in der Garage.«
»Ich trau dir nicht.«
Mafia zuckt die Achseln.
»Morgen Abend hole ich das Geld«, sagt Sven. »Wenn du es dann nicht hast, musst du dich warm anziehen!«

14

Ich versuchte, Sven zu vergessen. Es war gar nicht so einfach, wissen Sie. Aber es gelang mir immer besser.«

Seit drei Stunden saßen wir im Eiscafé. Verglichen mit den ersten Treffen war Anne ruhiger geworden, machte große Pausen, während sie erzählte. Ich brauchte nur ganz selten nachzufragen, es war, als läse sie aus einem Buch vor.

»Natürlich reizte es mich manchmal, ihn in der Laube zu besuchen. Schließlich war es in einer Hinsicht ein toller Nachmittag gewesen. ›Ich gehöre dir‹ – ehrlich, das half mir, keine Dummheiten zu machen. Seit er verschwunden war, lief das Leben wieder normal. Schule, Freizeit, Feten – alles ziemlich unproblematisch und richtig erholsam.«

Aber eines Mittags ist Sven wieder da. Er wartet vor der Schule, lässig an das Mofa gelehnt. Der Regen hat in der vergangenen Nacht aufgehört. Die Sonne brennt aus einem tiefblauen Himmel. Er holt die Martini-Flasche aus dem Beutel und gähnt.

»Was jetzt, Inga?«, fragt Anne, als sie ihn vom Fenster des Klassenraums aus sieht.

»Sag ihm, dass du die Nase voll hast.«

»Aber das stimmt nicht. Er ist einfach zu schwierig.«

»Sag's ihm trotzdem. Oder willst du nicht mehr mit ihm Schluss machen?«

»Doch, doch.«

Inga zieht Anne hinter sich her.

»Tag, Sven.«

»Tag, Anne.«
»Wie geht's?«
»Super. Siehst du ja.«
»Deine Karre?«, fragt Inga.
»Klar.«
»Heißt das, dass du eine Lehrstelle hast?«, fragt Anne.
Er nickt.
»Wo?«
»Das erzähl ich dir, wenn deine Freundin weg ist«, antwortet er.
Inga stößt Anne an. »Los, sag's ihm!«, flüstert sie.
»Du, Sven«, beginnt Anne.
»Schick sie weg!«
»Ich geh ja schon. Halt die Ohren steif, Anne!«
»Steig auf«, sagt er, als Inga verschwunden ist.
Sie schüttelt den Kopf.
»Bitte!«
»Wohin fahren wir?«
»In die Laube.«
»Kannst du vergessen.«
»Ich hab was für dich. Sonst will ich nichts. Ehrlich!«
»Na gut.«
Sie fahren langsam durch die Stadt. Der Gepäckträger, auf dem sie sitzt, knackt ein paar Mal verdächtig, aber er hält. Je länger sie unterwegs sind, desto mehr genießt sie die Fahrt. Irgendwann legt sie den Kopf in Svens Nacken und schließt die Augen. Wenn sie abgehoben hätten – wie in einem Film, den sie mal gesehen hat, er hieß »Kleine Fluchten« oder so ähnlich –, sie hätte sich nicht gewundert: eine große Schleife über die Stadt, über die grauen Häuser im Norden, an den weitläufigen Fabrikanlagen vorbei, mit zugehaltener Nase

zwischen den Schornsteinen des Chemiewerkes hindurch, ein Hüpfer zum Stadtpark, flach über die Fußgängerzone und dann in den Süden, tief hinunter zum See, die Füße durchs Wasser schleifen lassen, durchstarten zur nächsten Wolke und weiter und weiter.

Sie fällt fast vom Mofa, als Sven abrupt vor der Hecke stoppt. Im letzten Augenblick kann sie sich an seinen Schultern festhalten.

Er dreht sich um und versucht, sie zu küssen. Sie schiebt ihn weg.

Die Laube hat sich verändert. An der Wand steht eine alte Kommode, zwischen die beiden Sessel hat Sven ein Tischchen gestellt. Ein verblichener Läufer liegt zwischen Tür und Matratze.

»Willst du?« Er holt die Flasche aus der untersten Schublade der Kommode.

Sie schüttelt den Kopf.

Im Raum ist es stickig, sie hat das Gefühl, keine Luft zu bekommen.

»Du hast also eine Lehrstelle.«

Er nickt.

»Wo?«

»Kennst du nicht.«

»Was lernst du?«

»Schlosser.«

»Super. Wie hast du das geschafft?«

»Ede hat mir geholfen.«

Sven trinkt. Anne schaut aus dem Fenster.

»Ich gehe dann wieder«, sagt sie.

Er öffnet den Beutel und reicht ihr ein Päckchen. »Für dich!«

»Ich will das nicht.«

»Sieh's dir wenigstens an.«
In dem Päckchen ist der geschmackloseste Armreif, den sie je gesehen hat. Zwei Vögel, ineinander verschlungen in einem Nest sitzend. Sie muss sich beherrschen, um nicht loszuprusten.
»Gefällt er dir?«, fragt Sven.
»Er ist irre.«
»Ist echt Silber.«
»Ich will ihn nicht.«
»Warum nicht?«
»Es hat keinen Zweck mit uns.«
Er nimmt ihr den Reif aus der Hand, öffnet die Kommodenschublade und wirft ihn hinein.
»Ich habe unsere Namen draufschreiben lassen«, sagt er leise.
»Ich gehe jetzt«, sagt Anne.
»Wenigstens ein Kuss?«
»Nein.«
»Auch nicht auf die Backe?«
»Meinetwegen.«
Sven stinkt nach Alkohol. »Hast du einen anderen?«, fragt er.
Sie schüttelt den Kopf.
»Ich bin dir zu doof, das ist es.«
»Nein. Aber wenn ich mit dir zusammen bin, herrscht Chaos. Das halte ich nicht aus.«
»Darf ich dir schreiben?«
»Was soll das?«, fragt Anne zurück.
»Nur so.«
»Es ist aus. Verstehst du, Sven? Aus!«
Als sie durch die Hecke kriecht, hört sie hinter sich die Blockflöte. Sven spielt wieder nur einen Ton, aber diesmal so

wütend, dass es ihr kalt den Rücken hinunterläuft. Dann bricht das Spiel plötzlich ab, Glas zerbricht, Gegenstände schlagen dumpf gegen Wände. Zum Schluss fliegt etwas über die Hecke und bleibt auf der Straße liegen. Anne wartet, bis ein Auto vorübergefahren ist, und hebt es auf. Es ist Svens Blockflöte. Das Mundstück hat einen Sprung.

»Du kommst spät«, sagt ihre Mutter, als Anne die Tür zur Küche öffnet. »Ich habe das Essen schon dreimal aufgewärmt.«
»Wir hatten was in der Schule zu besprechen.«
»Was denn?«
»Wohin wir die Abschlussfahrt machen.«
»Und wohin geht's?«
»Wir sind uns nicht einig«, antwortet Anne.
Das Essen schmeckt nicht mehr. Sie schiebt den Teller beiseite und steht auf.
»Du verhungerst noch«, sagt ihre Mutter.
»Keine Angst.«
»Ich mache mir Sorgen.«
»Wieso?«
»Du redest kaum mit uns, bist nie da, bist immer mit den Gedanken woanders. Was ist los?«
»Nichts. Wirklich.«
»Bist du verliebt?«
»Nein.«
»Was dann? Nimmst du Drogen?«
»Bist du verrückt?« Anne geht zur Tür. »Tut mir leid, ich muss noch was für die Schule tun.«
»Versprich mir, dass du zu mir kommst, wenn du Schwierigkeiten hast!«

In ihrem Zimmer setzt sich Anne an den Schreibtisch und vergräbt den Kopf in den Armen. Sie ist völlig leer. Vor ihr liegen Bücher, Skripte, ein Haufen Stifte und Zeichengeräte. Ein Winkelmesser steckt in der Tischplatte. Mit einer Handbewegung wischt sie alles auf den Boden.

»Scheiße. Verdammte Scheiße!« Sie wirft sich aufs Bett und heult, bis sie keine Tränen mehr hat.

»Ende, Otto, over. Du hast mich wieder ganz für dich«, sagt sie zu dem Bären, nachdem sie sich gewaschen hat.

»Du glaubst es nicht? Du meinst, ich bin immer noch in ihn verknallt?«

Sie nimmt Otto und drückt ihn an die Brust.

»Und wenn – Sven macht mich fertig.«

Otto lächelt.

»Jetzt bist du zufrieden, was? Komm, wir schlafen 'ne Runde.«

15

Sven hat bis tief in die Nacht getrunken. Vor der Matratze stehen zwei leere Martini-Flaschen. Durch die zerbrochene Fensterscheibe scheint die Mittagssonne auf die Reste seines Wutausbruchs. Die Sessel liegen umgestürzt auf dem Boden, bei einem sind alle Beine abgebrochen, beim anderen springen die Federn aus der Polsterung. Von der Kommode sind nur die Schubladen heil geblieben. Der Schachcomputer liegt vor der Laube im Dreck. Die Seiten der zerrissenen Bücher – ein Campingführer, ein Jahreslexikon und Thomas Manns »Zauberberg« – flattern durch die Schrebergärten.

Mafia muss Sven lange rütteln, bis er endlich die Augen aufschlägt.

»Was ist los?«, murmelt er. Im Mund hat er den Geschmack von Pappe, der Kopf ist viermal so groß wie sonst. Er stürzt an Mafia vorbei nach draußen und steckt den Kopf in die Regentonne.

Der Italiener dreht inzwischen den Sessel mit den abgebrochenen Beinen um, lässt sich hineinfallen und zündet sich eine Zigarette an.

»Wie hast du mich gefunden?«, krächzt Sven.

»War nicht schwierig. Sieht es bei dir immer so aus?«

»Meine Sache.«

»Hast du 'ne Schlägerei gehabt oder hast du das allein geschafft?«

»Was willst du hier?« Sven hält sich den Kopf.

»Dich besuchen.«

»Sag, was du willst, und dann verschwinde!«

Mafia grinst. »Brauchst du Geld?«
Sven nickt.
»Kannst dir was verdienen.«
»Ich hab dir gesagt, die Sache im Rathaus war das letzte Ding!«
»Keine Panik, Kleiner. Es ist was ganz anderes.«
»Sag nicht ›Kleiner‹ zu mir!«
»In Ordnung, Kleiner. Also«, beginnt der Italiener, »ich kenne neue Leute. Die fahren Rennen. Mit Autos, Motorrädern und Mofas. Ich war gestern zum ersten Mal da. Ist der reine Wahnsinn.«
»Was für Rennen?«, fragt Sven. »Auto gegen Auto. Mofa gegen Mofa?«
»Viel verrückter. Da kann sogar ein Mofa gegen ein Auto gewinnen.«
»Gibt's nicht, Mafia.«
»Doch. Jeder hat 'ne Chance. Der Sieger kriegt zwanzig Euro.«
Sven schweigt. Er legt die Flasche auf den Boden und lässt sie kreiseln. Als sie stehen bleibt, zeigt sie auf ihn.
»Ich bin dabei«, sagt er. »Aber meine Kiste ist zu langsam.«
Mafia nickt. »Da müssen wir was dran tun.«
»Aber was?«, fragt Sven.
»Aufbohren. Den Vergaser aufbohren.«
»Dann wird sie schneller?«
»Wenn du willst, läuft sie fünfzig oder sechzig.«
»Kriegst du das hin, Mafia?«
»Ich habe kein Werkzeug dafür. Ich brauche einen kleinen Elektrobohrer. Ede hat so einen.«
»Leiht er ihn dir?«
»Nein. Der weiß, was ich damit mache«, antwortet Mafia.

»Dann holen wir ihn uns eben heute Nacht«, schlägt Sven vor.
»Das musst du allein machen. Ich will es mir mit Ede nicht verderben. Übrigens, dem ist ein Mofa geklaut worden. Jemand hat ein Loch in den Zaun geschnitten und die Fensterscheibe an der Werkstatt eingeschlagen. Warst du das etwa, Sven?«
»Quatsch!«
»Wo hast du die Kiste dann her?«
»Meine Sache.«
»Ede fragt, warum du nicht mehr zu ihm kommst. Du sollst ihn mal besuchen.«

Als Sven in dieser Nacht vor Edes Laden steht, ist es stockdunkel. Er hat das Mofa in der Laube gelassen, zu Fuß fühlt er sich sicherer. Der Maschendrahtzaun vor dem Hof ist notdürftig geflickt, ans Fenster neben der Werkstatt ist eine Holzplatte genagelt. Er holt eine Zange aus dem Beutel und zieht die Nägel heraus. Die schwere Platte knallt auf den Boden. Er wartet zehn Minuten, dann klettert er durchs Fenster. In der Dunkelheit ist es schwierig, das Brecheisen richtig anzusetzen. Erst beim fünften Versuch springt der Werkzeugschrank auf. Die Hände tasten über Schraubenzieher, Zangen, Lötkolben und anderes Werkzeug, bevor sie an der scharfen Spitze des Elektrobohrers hängen bleiben. Er steckt das Gerät in den Beutel.
Die Holzplatte ist zu schwer, um sie wieder anzunageln. Er gibt ihr einen Tritt und rennt zum Zaun. Gerade, als er hinüberklettern will, geht im gegenüberliegenden Haus Licht an. Ein Fenster öffnet sich.
»Was tun Sie da?«, ruft eine Männerstimme.
Im ersten Augenblick ist Sven wie erstarrt. Dann wirft er den

Beutel über den Zaun und klettert hinterher. Als er auf der anderen Seite hinunterspringen will, bleibt er mit der Hose an einem abgebrochenen Draht hängen. Er versucht sich loszureißen, verliert das Gleichgewicht und stürzt auf den Bürgersteig. Ein stechender Schmerz im Knie treibt ihm die Tränen in die Augen.

»Ich hole die Polizei!«, hört er die Stimme aus dem Fenster.

Er zieht sich am Zaun hoch und versucht, wegzuhumpeln. Es geht nicht. Sobald er mit dem verletzten Bein den Boden berührt, werden die Schmerzen unerträglich. So hüpft er schließlich unendlich langsam die Straße hinunter, bis ihn eine dunkle Hofeinfahrt verschluckt. Er hockt sich auf den Boden, streckt das verletzte Bein weit von sich weg und krempelt die Hose hoch. Das Knie fühlt sich an, als ob es aus seiner normalen Lage herausgesprungen sei. Sven will eine Flasche Martini aus dem Beutel holen, aber er findet nichts als Scherben. Die Flasche hat den Wurf über den Zaun nicht überstanden, der Elektrobohrer schwimmt in der klebrigen Flüssigkeit.

Er wartet, bis ein Polizeiwagen vorbeigefahren ist, und hüpft los. Nach über drei Stunden erreicht er die Laube, mehr tot als lebendig. Er ist in Schweiß gebadet. Das Knie gehört nicht mehr zu ihm.

Nach zwei Stunden Schlaf wacht er auf. Das Knie ist unförmig dick, die Schmerzen sind unerträglich. Als er aufzustehen versucht, um an der Regentonne zu trinken, reißt es ihn sofort wieder von den Beinen. Alles dreht sich. Manchmal nickt er ein. Aber die meiste Zeit liegt er bewegungslos auf der Matratze und fühlt, wie das Knie dicker und dicker wird.

Dann hält er es vor Hunger nicht mehr aus. Vorsichtig rollt er sich auf den Boden und robbt sich mit dem gesunden Bein abstoßend zur Tür hinaus. Draußen findet er zwei halb verfaulte Äpfel, die er sofort verschlingt. Als er sich an der Regentonne hochziehen will, stürzt sie um. Das Wasser ergießt sich über ihn. Durchnässt und durstig kriecht er in die Laube zurück. Gegen Abend fällt er in einen unruhigen Schlaf.

»Wie geht's eigentlich dem Flötenspieler?«, fragt Inga am Nachmittag dieses Tages. Sie sitzen bei Alessandro.
»Keine Ahnung«, antwortet Anne.
»Also wirklich Schluss?«
»Finished, over.«
»Hat er Theater gemacht?«
»Ziemlich. Aber da war ich schon draußen.«
Inga nimmt Annes Hand. »Schwer?«
»Ein bisschen.«
»Bist du noch immer in ihn verknallt?«
»Weiß nicht.«
»Natürlich bist du!«
Anne bestellt ein Spaghetti-Eis. Sie schweigen. Inga spielt mit ihrem Schlüsselbund. »Du bist ganz schon blöd«, sagt sie irgendwann. Ihre Freundin bekleckert sich vor Überraschung das T-Shirt.
»Was bin ich?«
»Blöd. Warum gehst du nicht zu Sven?«
Anne schluckt. »Ich glaube, ich bin im falschen Film. Erst redest du ihn mir aus und jetzt soll ich wieder anfangen?«
»Ja. Du musst.«
»Und warum auf einmal?«
»Weil alles andere Quatsch ist. Zum Kotzen, diese Langeweiler, mit denen wir rumziehen!«

Anne lächelt. »Du bist verliebt.«
Inga nickt. »Total.«
»Wer ist es?«
»Rate mal!«
»Doch nicht etwa der Typ von damals?«
»Ich habe ihn wiedergesehen. Im Kino. Der reine Zufall.«
Anne fällt ihr um den Hals.
»Es ist mir egal, dass er bei seiner Frau bleibt. Ich will ihn nicht mehr ganz für mich. Hauptsache, ich kann manchmal mit ihm zusammen sein.«
»Bist du glücklich?«
Inga schüttelt den Kopf. »Aber ich lebe wieder. Die letzte Zeit war tödlich. Das große Gähnen. Ich hatte schon wieder angefangen, Schlaftabletten zu sammeln.«
»Hast du nicht!«
»Hab ich doch. Bevor ich vor Langeweile sterbe . . .«

Zu Hause öffnet Anne die Schreibtischschublade und holt Svens Blockflöte heraus. Das Mundstück hat braune Speichelflecken. Das Markenzeichen ist nicht mehr zu erkennen. Anne hält die beiden obersten Löcher und das Loch auf der Rückseite zu und bläst mit schwacher Luft. Ein zittriges A ertönt. Sie hält den Ton, bis ihr rote und grüne Punkte vor den Augen tanzen.
»Ich werde ihm eine neue Flöte schenken«, sagt sie zu Otto. »Am besten zum Geburtstag.«
Otto liegt auf dem Boden, alle viere von sich gestreckt, und starrt an die Decke.
»Du denkst bestimmt, dass ich verrückt geworden bin, stimmt's?« Sie wirft die Flöte in die Schublade zurück, schiebt sie weit nach hinten und türmt alte Fotos davor auf.

»Du hast recht, Otto, ich bin verrückt.«
»Sven ist nicht da«, sagt Ede, als Anne den Laden betritt. »Oder möchtest du etwa ein Mofa kaufen?«
Sie schüttelt den Kopf und dreht sich zur Tür.
»Augenblick!« Mit einer Behändigkeit, die sie dem dicken Mann niemals zugetraut hätte, kommt Ede hinter dem Ladentisch hervor, läuft an ihr vorbei und hängt ein Schild an die Scheibe.
»Geschlossen«, liest sie.
»Was soll das?«
»Ich muss mit dir reden, Anne.«
»Ich habe keine Zeit.«
»Es geht um Sven«, sagt Ede.
»Was ist mit ihm?«
»Wie alt bist du?«, fragt er zurück.
»Siebzehn.«
»Wo gehst du zur Schule?«
»Einstein-Gymnasium.«
»Welche Klasse?«
»Ist das ein Verhör oder was?«, schimpft Anne.
Er schüttet Kaffee in eine blau karierte Blechtasse.
»Auch einen?«, fragt er.
Sie schüttelt den Kopf.
»Also: welche Klasse?«
»Ich bin in der Zwölf.«
»Was machen deine Eltern?«, fährt Ede fort.
»Was schon.«
»Habt ihr ein eigenes Haus?«
Sie nickt. Er wischt die ölverschmierten Hände an einem schmutzigen Lappen ab.
»Was soll die Fragerei?«

»Sven hat ein Mofa geklaut.«
»Woher wollen Sie das wissen?«
»Er hat es mir geklaut. Es ist das Mofa, das ich ihm versprochen hatte.«
»Aber er hat mir gesagt, dass Sie es ihm gegeben haben, weil er eine Lehrstelle als Schlosser hat!«, ruft Anne.
»Das müsste ich wissen.« Er schüttet sich Kaffee ein. »Das müsste ich wirklich wissen.«
»Sven kann das Mofa auch woanders herhaben.«
»Mafia hat mir erzählt, dass er mit Sven ein Mofa aufmöbelt. Nach seiner Beschreibung ist es meins.«
Anne schluckt. »Könnte ich vielleicht doch einen Kaffee haben?«
»Sven hat die Scheibe neben der Werkstatttür eingeschlagen. Außerdem hat er für das Mofa ein Loch in den Zaun geschnitten.«
»Warum gehen Sie nicht zur Polizei?«, fragt Anne.
»Dann ist er gestern Nacht noch einmal eingestiegen und hat einen Elektrobohrer gestohlen«, fährt Ede fort.
»Woher wollen Sie das wissen?«
»Ein Nachbar hat ihn gesehen.«
»Wozu braucht Sven den Bohrer?«
»Wahrscheinlich will er das Mofa schneller machen.«
Der Kaffee ist heiß. Sie verbrennt sich die Zunge.
»Er will dir imponieren«, sagt Ede.
»Aber er hat auch früher schon geklaut.«
»Das war was anderes. Jetzt will er dir was bieten.«
»Glauben Sie?«
»Du bist die Letzte, in die sich Sven verlieben durfte.«
»Warum?«
»Du bist reifer als er, gebildeter, besser erzogen, hast ein

Elternhaus. Du hast alles, was Sven nicht hat. Irgendwie mag ich ihn. Auch wenn er mich bestohlen hat. Mach Schluss mit ihm. Sonst geht er kaputt.«
Anne schaut aus dem Fenster. Draußen fährt ein schwerer Lastwagen vorbei. Die Scheiben klirren.
»Sven muss dir zeigen, dass er auch wer ist. Wenn es sein muss, wird er die verrücktesten Sachen machen«, fährt Ede fort. Er schüttet Kaffee in seine Tasse und schlurft in die Werkstatt. Ein müder alter Mann. In der Tür dreht er sich noch einmal um. »Ob du es wahrhaben willst oder nicht, Anne: Du schaffst ihn.«

»Als ich die Ladentür hinter mir zumachte«, erzählte mir Anne später, »wusste ich, dass es vorbei war. Ganz egal, was noch passieren würde. Sven war auf einmal weiter weg als der Mond. Mir war es völlig gleichgültig, dass er gestohlen hatte. Er hatte mit dem geklauten Mofa eine Schau abgezogen. Eine ganz erbärmliche Schau. Wie die Typen, die ich vor ihm gekannt hatte.
Zu Hause setzte ich mich zu meinen Eltern vor den Fernseher, trank mit ihnen Wein und unterhielt mich mit meiner Mutter über Frauenkrankheiten. Am nächsten Tag machte ich mit ihr Einkäufe. Sie kleidete mich vor Begeisterung neu ein und vergaß darüber, sich Schuhe zu kaufen. Mein Vater unterhielt sich am Abend mit mir über den nächsten Urlaub. Wir beschlossen, nach Portugal zu fahren. Ich versprach, ihm aus der Buchhandlung Reiseführer mitzubringen. Wir waren endlich wieder eine glückliche Familie. Tralali, tralala.«

16

Sven erwacht kurz nach Sonnenaufgang. Im Raum ist es dämmrig, ein Streifen Tageslicht schiebt sich unter der Tür hindurch.

Die Schmerzen haben nachgelassen. Aber das Knie ist unvermindert dick. Stöhnend schiebt er sich von der Matratze, rollt über den Boden zur Tür und zieht sich an der Klinke hoch.

Als er hinaushüpft, schlägt ihm kühle Morgenluft entgegen. Er bleibt einen Augenblick stehen, schließt die Augen. Dann richtet er die Regentonne auf und hüpft in den verwilderten Garten, um etwas Essbares zu suchen. Die Ausbeute ist mager: ein paar Möhren und drei Birnen, die vom Nachbargrundstück herübergefallen sind. Außerdem eine verrostete Konservenbüchse, in der sich Regenwasser und Tau gesammelt haben.

Den Vormittag verbringt Sven auf der Matratze, lauscht dem Knurren seines Magens und den Geräuschen der Straße. Zwischendurch nickt er ein.

Die Sonne steigt höher. Gegen Mittag ist es unerträglich heiß in der Laube. Zuerst zieht Sven das Hemd aus, dann die geflickten Jeans, schließlich die Unterhose. Aber auch splitternackt läuft ihm der Schweiß in Bächen am Körper herunter.

Was mache ich bloß, wenn Mafia nicht kommt?, fragt er sich. Mit dem kaputten Bein kann ich nicht in die Stadt hüpfen! Wo bleibt das Großmaul nur?

Die Stunden vergehen, der Italiener kommt nicht. Der Durst

wird so stark, dass Sven noch einmal hinaushüpft und den Garten Meter für Meter absucht. Ohne Erfolg.
Ihm wird schwindelig, rote und schwarze Flecken tanzen über den Himmel, die Laube beginnt, sich zu drehen, er will sich irgendwo festhalten, taumelt und stürzt zu Boden. Als er zu sich kommt, liegt er neben der Regentonne. Der Kopf schmerzt.
»Mafia!«, schreit er laut. »Komm schon, verdammt noch mal!«
Er brüllt so lange, bis ihm die Stimme versagt. Später kriecht er in die Laube zurück. Als er auf der Matratze liegt, verliert er wieder die Besinnung.

Gegen Abend wird die Tür aufgerissen. Mafia ist von Kopf bis Fuß in Weiß gekleidet, durchs linke Ohr hat er einen kleinen goldenen Ring gesteckt. Sven erkennt nur undeutlich eine große weiße Gestalt.
»Anne?«
»Wach auf, Kleiner. Ich weiß zwar nicht, wer Anne ist. Aber dass ich Giuseppe Laroni bin, weiß ich ganz genau!«
»Anne«, murmelt Sven noch einmal. Immer noch liegt alles im Nebel.
»Das muss ein tolles Weib sein. Der Tag vorbei und der Kleine liegt immer noch in Arbeitsklamotten im Bett!«
Langsam werden die Konturen deutlicher. »Ach du bist's, Mafia. Ich dachte, es wäre . . .«, krächzt Sven. ». . . Anne«, ergänzt Mafia. »Ich weiß. Du musst mir mal die Adresse geben. Vielleicht kann ich noch was lernen.« Er wirft Sven Unterhose und Jeans zu. »Zieh dich an, ich werde sonst blind.«
»Hol mir was zu trinken«, stöhnt Sven.
»Was soll ich?«
»Ich habe Durst!«

»Dann hol dir doch selber was!«
Er weist auf das Knie. »Geht nicht. Das Bein ist kaputt.«
»Scheiße«, sagt Mafia, nachdem Sven ihm die Geschichte des zweiten Einbruchs bei Ede erzählt hat. »Eigentlich bin ich nur gekommen, weil ich es dir versprochen hatte. Wegen dir geht mir ein Geschäft durch die Lappen!«
»Bitte, was zu trinken!«, stöhnt Sven.
»Ich bringe dich zum Arzt«, sagt der Italiener.
Sven schüttelt den Kopf.
»Hinterher kannst du nicht mehr richtig gehen.«
»Keinen Arzt. Was zu trinken. Nur was zu trinken. Mach schon!« Er kramt in den Taschen seiner Jeans. »Hier hast du Geld. Bring auch was zu essen mit.«
Nach zehn Minuten ist Mafia zurück. Sven stürzt die Flasche Mineralwasser in einem Zug hinunter.
»Was ist mit den Rennen?«, fragt er, während er das kalte Kotelett in sich hineinstopft.
»Was soll sein?«
»Bist du gefahren?« Sven rülpst.
Mafia schüttelt den Kopf. »Erst wenn ich sicher bin, dass ich gewinne.«
Sven lässt sich auf die Matratze zurückfallen. »Du hast mir noch nicht erzählt, warum bei den Rennen ein Mofa gegen ein Auto gewinnen kann, Mafia.«
»Weil beide Fahrer ein kleines Stück blind fahren müssen.«
»Mit verbundenen Augen?«, fragt Sven.
»Nein. Aber so ähnlich. Ach, man kann es nicht erzählen. Du musst es einfach sehen.«
»Ich werde fahren.« Sven schlägt gegen die Wand. Farbe rieselt auf die Matratze. »Ich werde fahren!«
»Mit deinem Knie?«

»Na und? In ein paar Tagen geht's wieder.«
Mafia steht auf. »Du musst es wissen. Was wird mit dem Mofa?«
Sven holt den Bohrer aus dem Beutel. »Du musst es allein machen.«
»Hätte ich sowieso gemusst. Wenn du nicht weißt, wo du bohren musst, machst du den Vergaser kaputt. Wenn du's weißt, ist es eine Kleinigkeit.«
Der Italiener geht nach draußen und stellt das Mofa auf den Kopf.
»Wo ist der Strom?«, ruft er durchs Fenster.
»Strom?«
»Ja. Der Bohrer läuft nicht von allein!«
»Hier gibt's keinen Strom«, sagt Sven.
»Bestellt mich her und hat nicht mal Strom!« Mafia dreht das Mofa wieder um. »In meiner Garage habe ich welchen.«
»Ich kann noch nicht fahren«, sagt Sven.
»Dann fahre ich allein hin«, schlägt der Italiener vor.
»Bist du mit dem Wagen da?«, fragt Sven.
»Klaro.«
»Dann lass die Autoschlüssel hier.«
»Du traust mir nicht?«
»Kein Stück.«
»Warum helfe ich dir wohl, Kleiner?«
»Keine Ahnung.«

Die Sonne geht unter, die zertrümmerten Möbel verwachsen mit der Dämmerung, durch die zerbrochene Fensterscheibe weht ein angenehm kühler Wind. In einem der Nachbargärten feiern sie. Lachen und Geschrei tönen herüber. Sven untersucht das Knie. Die Schwellung hat noch zugenommen,

ein unförmiger Klumpen, der inzwischen rot-blau angelaufen ist. Sven verflucht die Bohrmaschine, Mafia, Ede, das Mofa, die Großeltern.
Er denkt an seine Mutter: geblümter Kittel, die Haare hochgesteckt, meistens eine Zigarette im Mund, ausgetretene Slipper an den Füßen. Wenn sie mal zu Hause war, brachte sie ihn und seine Geschwister ins Bett. Manchmal schon am Nachmittag. Aber meistens war sie nicht da. Irgendwelche Putzstellen in der Südstadt. Wenn sie lachte, war es ein Fest. An den Säufer, der sich Papa nannte, kann er sich kaum noch erinnern. Höchstens, dass er oft blau anlief und nach Luft schnappte. Und dass er am Schluss schon beim Frühstück betrunken war. Manchmal blieb er eine Woche oder länger weg. »Er ist auf Tour«, sagte dann Mutter. Das waren die schönsten Tage.
»Alles kaputt«, sagt Sven laut. »Kaputt, kaputt.«
Die ersten Sterne sind zu sehen, als Mafia zurückkommt. Sven springt auf das gesunde Bein und hüpft hinaus.
»Alles klar?«
»Alles klar, Sven. Fünfzig läuft die Mühle spielend.«
Der Sound ist umwerfend. Das Mofa klingt wie eine hochgezüchtete Rennmaschine.
»Die Bullen haben mich geschnappt«, sagt Mafia.
»Was?«, schreit Sven durch den Lärm.
»Die Bullen haben mich geschnappt!«
Sven stellt den Motor ab.
»Keine Angst. Für die Karre haben sie sich nicht interessiert. Ich musste'n Zwanziger blechen, weil ich ohne Helm gefahren bin.«
Sven lehnt sich erleichtert gegen den Türrahmen. »Kriegst du wieder, wenn ich mein erstes Rennen gefahren habe.«

»Du glaubst, du gewinnst?« Mafia grinst. »Du bist größenwahnsinnig! Soll ich dir morgen was zu essen mitbringen?«
»Klar. Und Martini. Ich geb dir alles zurück, wenn ich die Rennen fahre.«
»Aber sicher, Kleiner.«

Nach drei Tagen ist die Schwellung abgeklungen. Sven humpelt zwar noch stark, kann aber das Bein wieder belasten. Am Mittag des vierten Tages setzt er sich auf das Mofa und fährt in die Stadt. Die Tachonadel zittert bei 55 km/h, als er Vollgas gibt.
Wahnsinn, denkt Sven und legt sich in eine Kurve, gegen mich hat keiner eine Chance. Nur die Bremsen sind für die Geschwindigkeit zu schwach. Es dauert einfach zu lange, bis er zum Stehen kommt. Beim Rennen bremse ich sowieso nicht, denkt Sven und dreht voll auf.
Er fährt ziellos durch die Stadt, ohne Helm, aber er begegnet keinem Polizeiwagen. Annes Schule ist ausgestorben, auf dem Lehrerparkplatz spielen zwei Jungen Fußball. Vor dem Freibad parkt Wagen an Wagen, in Alessandros Eiscafé sitzt nur ein einziger Gast. Als Sven durch die Straße fährt, in der Anne wohnt, blicken ihn die Häuserfronten feindselig an.
Gegen Abend klingelt er bei Mafia.
»Na, wie läuft die Kiste?«, begrüßt ihn der Italiener.
»Super. Nur die Bremsen bringen's nicht.«
»Brauchen sie auch nicht. Du gewinnst nur, wenn du nicht bremst. Oder nur ein bisschen.«
»Sind heute Abend Rennen?«, fragt Sven.
»Klar. Ich fahre gegen einen Motorradfahrer mit 'ner besonders großen Schnauze.«
»Ich komme mit.«

»Willst du was essen?« Der Italiener weist nach oben.
»Ich schaffe die Treppen nicht.«
Mafia schaut auf die Uhr. »Los, wir müssen uns beeilen.«

Ich habe mir angesehen, wo die Rennen stattfanden. Eine große Siedlung im Norden der Stadt. Sechs- bis achtstöckige Häuser, eine vierspurige Straße, die den Stadtteil mit der City verbindet. An einem Platz im Zentrum ein Supermarkt, Flachbau, Container vor der Tür, der Eingang vergittert. Sonderangebote für Kaffee, Waschmittel und Bier. Viele Wohnungen hinter heruntergelassenen Rollladen versteckt, nirgendwo ein Gesicht. Ein verrosteter Fahrradrahmen an ein mickriges Bäumchen gekettet, daneben eine umgekippte Mülltonne. Handzettel klemmten unter den Scheibenwischern der wenigen Autos. Der Wind riss an den zubetonierten Bäumen.
Drei Straßen führen vom Platz ab. Eine mündet in die vierspurige Straße. Links und rechts der Einmündung versperren Häuser mit Geschäften den Blick auf den Querverkehr. Die Ampel wird abends um acht ausgeschaltet.

17

Mafia fährt durch die Stadt, als ob es keine Verkehrsregeln gäbe. Er schleudert durch Kurven, überholt links und rechts, missachtet Stoppschilder. Zum Glück gibt es Ampeln, an denen Sven immer wieder aufholen kann. Das letzte Stück fährt Mafia langsamer und erreicht den Platz schließlich im Schritttempo.

»Hast du'n Knall?«, fragt Sven, als er vom Mofa steigt. Sein Körper vibriert, in den Armen summt ein wild gewordener Bienenschwarm.

»Das war mein Aufwärmtraining, Kleiner.« Der Italiener zündet sich eine Zigarette an.

Vor dem Supermarkt hocken Jugendliche auf dem Boden. Bierflaschen kreisen. Neben ihnen stehen ein paar Autos und ein schweres Motorrad. Ein Junge kommt auf sie zu: rote Lederkombination, Schaftstiefel, der schwarze Helm hängt lässig am Arm.

»Können wir, Mafia?« Der Junge spuckt seinen Kaugummi aus. Die Kombination spannt sich über dem Bauch. Das dicke Gesicht ist von Pickeln übersät.

»Meinetwegen.«

»Hast du'n Fan mitgebracht?«, fragt der Dicke.

»Das ist Sven. Er will selber fahren«, antwortet Mafia.

Der Motorradfahrer lacht. »Mit dem Kinderfahrrad?«

Sven nickt.

»Ist die Karre wenigstens frisiert?«

»Klar!«

»Wie viel bringt sie?«

»Sechzig.«
»Nicht schlecht. Aber meine macht zweihundertzwanzig!«
»Wollt ihr quatschen oder fahren?« Ein Junge mit nacktem Oberkörper setzt sich auf die Kühlerhaube von Mafias BMW. Die Arme sind von oben bis unten tätowiert. In der Hand hält er eine Bierflasche.
»Runter von meinem Auto!« Mafia ist auf einmal blass geworden, ununterbrochen wischt er sich die Hände an der Hose ab.
Der Tätowierte springt vom Wagen und küsst das Blech.
»Denk an mich, wenn's kracht!«
»Halt 's Maul«, murmelt der Italiener.
»Hast du Geld dabei?«, fragt der Motorradfahrer.
Mafia nickt.
»Gib's mir lieber gleich. Dann ersparst du dir 'ne Menge Angstschweiß.«
»Ich mach dich fertig!«
Als der Dicke den Helm aufsetzt, entsteht Bewegung auf dem Platz. Die Jugendlichen springen auf und laufen zur Kreuzung.
Mafia tritt seine Zigarette aus. »Los, Kleiner«, sagt er zu Sven, »hinterher! Von hier aus kriegst du nichts mit!«

Rings um die Kreuzung stehen die Zuschauer. Nur der Tätowierte ist bei dem Dicken und Mafia geblieben. Die beiden stellen sich fünfzig Meter von der Einmündung entfernt auf. Der Tätowierte hebt die Hand, wartet drei Sekunden und lässt sie dann sinken. Das Motorrad steigt vorn hoch, hat sofort einen Vorsprung, aber Mafia holt auf. An der Einmündung bremst der Motorradfahrer kurz ab, schaut nach links und rechts, gibt Vollgas und rast über die Kreuzung. Auf der

gegenüberliegenden Seite verschwindet er in einer Sackgasse. Alle schauen ihm nach. Als Sven sich umdreht, sieht er Mafias Wagen immer noch an der Einmündung stehen. Der Italiener sitzt unbeweglich hinter dem Lenkrad. Er hat die Augen geschlossen.
Das Rennen hat höchstens zwanzig Sekunden gedauert, aber die Zeit ist stehen geblieben. Sven hat den Motorenlärm nicht gehört, nicht das Kreischen der Bremsen. Alles ist vor ihm in einer stummen Zeitlupe abgelaufen. Er geht ein kleines Stück in Richtung des Platzes, tritt auf die Straße und schaut zurück zur Kreuzung. Nicht zu sehen, was von rechts oder links kommt. Die Häuser versperren die Sicht. Blindflug, denkt er, wer Angst hat, verliert.
Er öffnet die Fahrertür und zieht Mafia heraus. Der Italiener ist leichenblass, das weiße T-Shirt durchgeschwitzt. Mit zitternden Händen fingert er eine Zigarette aus dem Päckchen. Als er sie anzünden will, brechen die Streichhölzer ab. Sven nimmt ihm die Schachtel aus der Hand und gibt ihm Feuer.
»War Verkehr auf der Kreuzung?« Allmählich kehrt die Farbe in Mafias Gesicht zurück.
Sven schüttelt den Kopf.
»Kein Auto von links oder rechts?«
»Hab keins gesehen.«
»Scheiße.«
»Du hattest Angst«, sagt Sven.
»Quatsch. Ich dachte, ich hätte ein Auto gesehen.«
Der dicke Motorradfahrer hält neben ihnen. Er hat den Helm abgenommen und grinst. »Ich hab dir doch gesagt, dass du mir das Geld sofort geben kannst. Jetzt hast du dir ganz umsonst die Hosen vollgemacht.«
»Arschloch«, brummt Mafia.

In einem der Häuser öffnet sich ein Fenster. »Macht, dass ihr verschwindet, oder ich hole die Polizei! Jeden Abend das gleiche Theater!«
»Schnauze!« Der Tätowierte wirft die Bierflasche gegen die Hauswand, das Fenster fällt zu.
Als sie auf den Platz zurückkehren, wird der Motorradfahrer gefeiert. Er hebt ein Mädchen auf seine Maschine und knutscht es ab. Niemand beachtet Mafia.
Sven holt eine Flasche aus dem Beutel. »Trink, das hilft.«
»Ist auf der Kreuzung wirklich kein Auto gekommen?« Mafia wischt sich den Mund ab.
»Wirklich nicht.«
»Ich hätte gewinnen können.«
»Ja. Wenn du nicht gebremst hättest.«
»Das nächste Rennen gewinne ich.«
»Du solltest nicht mehr fahren«, sagt Sven.
»Warum nicht?«
»Du hast Angst.«
»Jeder hat Angst«, murmelt Mafia.
»Der Motorradfahrer nicht.«
»Der auch. Vielleicht weniger als ich, aber Angst hat der auch.«
»Ich habe keine Angst.« Sven trinkt.
»Ach nee!«
»Mir ist alles egal. Ich bin sowieso schon kaputt.«
Mafia zuckt die Achseln. »Dann fahr doch gegen den Dicken!«
»Wollte ich gerade.«
»Jetzt sofort?«
Sven nickt.
»Hast du Geld?«

»Keinen Cent.«
»Was machst du, wenn du verlierst?«
»Ich verliere nicht.«

Der Motorradfahrer befingert immer noch das Mädchen. Es lacht schrill.
»Ich will gegen dich fahren«, sagt Sven.
»Du?« Der Dicke lacht.
»Süß, der Kleine!«, kreischt das Mädchen.
»Ich will gegen dich fahren«, wiederholt Sven.
»Wenn du unbedingt willst. Hast du Geld?«
Sven nickt. »Aber ich will nicht um zwanzig Euro fahren.«
»Für'n Fünfer tu ich's nicht. 'n Zwanziger ist Minimum.«
»Ich weiß. Ich will verdoppeln.«
»Vierzig Euro? Bist du größenwahnsinnig?«
»Willst du oder willst du nicht?«
Der Dicke hebt das Mädchen vom Motorrad, setzt den Helm auf und zieht die Handschuhe an.
Mafia hält Sven fest. »Du bist verrückt, total verrückt. Mit deiner Mühle kannst du nie gewinnen!«
Sven schiebt ihn zur Seite, humpelt zu seinem Mofa und fährt zum Start. Der Dicke wartet schon. Die anderen laufen zur Kreuzung.
Sven dreht den Motor, so hoch er kann. Dann gibt der Tätowierte das Startzeichen. Sven legt sich flach auf das Mofa. Die Häuser fliegen vorbei, nur noch ein paar Meter bis zur Kreuzung. Dann überholt ihn etwas Rot-Schwarzes, ist vor ihm an der Einmündung, stoppt, von links kommt ein großer viereckiger Kasten, Sven gibt Gas, Gas, Gas, schließt die Augen und springt, fliegt in die unendliche Weite, alles ist still, eine gläserne Stille, er öffnet die Augen, vor ihm die

Sackgasse, er fährt hinein und stoppt. Leute laufen auf ihn zu, heben ihn vom Mofa, Hände klopfen ihm auf die Schultern, ein Mädchen küsst ihn auf die Backe. Er schiebt sie weg. »Du hast gewonnen«, sagt das Mädchen zu ihm. Er schüttelt den Kopf.

»Wirklich! Zum ersten Mal hat einer gegen den Dicken gewonnen.«

»Wo ist er?«, krächzt Sven. Er kennt seine Stimme nicht.

»Als der Lastwagen kam, hat er gebremst. Du bist einfach drauflosgefahren«, sagt das Mädchen.

»Der Laster hätte dich fast erwischt«, fügt ein Junge hinzu und reicht ihm eine Bierflasche.

»Ich trinke kein Bier.« Er dreht das Mofa und rollt langsam über die Kreuzung. Der Motorradfahrer steht immer noch an der Einmündung. Der Helm liegt auf der Maschine, er wischt sich den Schweiß aus dem Gesicht. »Fahren wir noch mal?«

»Erst die vierzig Euro.«

Der Junge gibt ihm das Geld. Sven steckt es in die Hosentasche.

»Was ist?«, fragt der Dicke.

»Morgen«, antwortet Sven.

»Warum nicht gleich?«

»Keine Lust.«

»Feigling!«

»Hast du gebremst oder ich?«

»Also gut, morgen. Aber dann mache ich ernst«, sagt der Dicke.

»Großschwätzer!« Sven gibt Gas.

»Hast du nicht gemerkt, dass ich dir'n Vorsprung gegeben habe?«, ruft der Motorradfahrer hinter ihm her.

Es wird dunkel. Der Platz leert sich. In den Häusern gehen die Lichter an. Mafia lehnt an seinem Wagen und raucht. Der Tätowierte liegt vor dem Supermarkt. Er ist völlig betrunken.
»Ich hau ab!« Sven gibt Mafia die vierzig Euro. »Jetzt sind wir quitt.«
Der Italiener steckt das Geld ein. »Bei dir stimmt was nicht.«
»Wieso?«
»Du bist nicht normal.«
»Vielleicht.«
»Du hättest draufgehen können!«
Sven ist todmüde, als er zur Laube kommt. Aber er kann nicht einschlafen. Immer wieder ist der Abgrund da. Und er springt, springt, springt.

18

Sven wacht gegen Mittag auf. Es regnet. Er zieht sich nackt aus und humpelt nach draußen. Das verletzte Knie spürt er nicht, dafür schmerzt der Rücken. Muskelkater vom Nacken bis zum Hintern. Der Regen ist warm, Sven öffnet den Mund und fängt die Tropfen mit der Zunge auf. Dann zieht er Hemd und Hose über den nassen Körper, wischt den Mofasattel ab und tritt die Pedale. Beim dritten Versuch springt der Motor an.

Kurz vor eins erreicht er Annes Schule. Der Platz vor dem Portal mit den riesigen Säulen ist leer. Am Straßenrand warten Autos mit Müttern, Vätern und Hunden. Sven stellt sich unter eine Kastanie. In den Turnschuhen steht das Wasser, er ist völlig durchnässt.

Inga und Anne kommen über den Platz, als die anderen Schüler schon in Autos und Bussen verschwunden sind. Anne hält einen großen rot-grünen Regenschirm, ihre Freundin hat sich bei ihr eingehakt.

Sven startet und fährt auf sie zu. »Tag, Anne!«

Sie schaut ihn überrascht an, senkt dann den Regenschirm und läuft an ihm vorbei.

»Warte, Anne!«

Sie rennt schneller, Inga bleibt zurück, stellt sich in einem Hauseingang unter. Erst an der Bushaltestelle holt Sven Anne ein.

»Warum wartest du nicht?«

Sie liest angestrengt den Fahrplan.

»Redest du nicht mehr mit mir?«

Sie senkt den Regenschirm so tief, dass er nur noch Hose und Schuhe sehen kann.
Er schlägt den Schirm zur Seite. »Was habe ich dir getan?«
»Es ist aus. Verschwinde endlich!«
In diesem Augenblick hält der Bus, Anne springt hinein. Ein paar Stationen fährt er hinterher. Als ihm ein Polizeiwagen entgegenkommt, biegt er in eine Seitenstraße ab.

Der Regen prasselt aufs Laubendach. Die Regentonne läuft über. Sven liegt auf der Matratze und trinkt. Als er die Flasche geklaut hat, hätten sie ihn um ein Haar geschnappt. Zum Glück hat eine Oma an der Kasse Panik gekriegt und dem Filialleiter den Weg versperrt. Mit dem kaputten Bein hätte er keine Chance gehabt.
Der Dicke wird ihm in ein paar Stunden keinen Vorsprung geben, der wird an der Kreuzung mindestens zehn Meter vor ihm liegen. Wenn dann kein Auto kommt, hat er verloren. Lieber Gott, lass ein Auto kommen!
Er humpelt zur Kommode und nimmt den Armreif heraus. »Sven und Anne« steht auf der Innenseite. Der Reif lässt sich leicht über das Handgelenk schieben.
Gegen Abend hört es auf zu regnen. Sven ist betrunken, als er den Supermarkt erreicht. Gerade kehrt der Dicke von der Kreuzung zurück. Aus der Tasche seiner Kombination schaut ein Zwanzigeuroschein. Die anderen Jugendlichen laufen neben ihm her. Der Dicke stoppt erst, als das Vorderrad seiner Maschine Svens Mofa berührt.
»Ich dachte schon, du kneifst.«
Sven spuckt aus. »Hast geübt, Dicker?«, lallt er.
Der Motorradfahrer klopft auf den Zwanzigeuroschein und grinst. »Meinetwegen können wir.«

Sven gibt Gas und fällt dabei fast um.
»Der ist ja besoffen«, sagt ein Junge.
»Um vierzig Euro?«, fragt der Dicke.
Sven schüttelt den Kopf. »Um achtzig, Dicker.«
Dem verschlägt es für einen Augenblick die Sprache. Schweißtropfen stehen ihm auf der Stirn. Er schaut sich Hilfe suchend um.
»Achtzig. In Ordnung«, sagt er nach einer Weile. »Hast du überhaupt so viel Geld?«
Sven nickt.
»Zeig her!«
»Ich hab es, verdammt noch mal.«
Langsam rollen sie zum Start.
Die anderen Jugendlichen stehen schon an der Kreuzung, unter ihnen Mafia. Das Mädchen vom ersten Rennen ist auch dabei.
»Ist heute viel Verkehr«, sagt der Tätowierte und hebt die Hand.
»Los!«, lallt Sven.
Kaum hat der Starter die Hand gesenkt, hat das Motorrad auch schon einige Meter Vorsprung. Sven ist auf einmal stocknüchtern. Der Dicke erreicht die Kreuzung, bremst kaum, Sven gibt Gas, überquert weit hinter dem Motorrad die ersten beiden Spuren, sieht, wie sein Gegner in der Mitte der Kreuzung plötzlich die Maschine herumreißt, auf die Verkehrsinsel schleudert und stürzt. Sven schließt die Augen, gibt weiter Gas, stoppt Sekunden später in der Sackgasse. Das Mädchen kommt auf ihn zugerannt und umarmt ihn. »Wahnsinn, du hast ihn wieder geschlagen!«
»Aber – aber er hatte doch schon gewonnen«, stottert er und fährt zur Kreuzung zurück. Der Dicke hat inzwischen die

Maschine aufgerichtet. Die Kombination ist an Ellenbogen und Knien aufgescheuert.
»Ist dir was passiert?«, fragt Sven. Der Motorradfahrer schüttelt den Kopf.
»Warum hast du gebremst?«
»Wegen dem Auto«, antwortet der Dicke.
»Welches Auto?«, fragt das Mädchen.
»Ich habe es doch genau gesehen!«
Das Mädchen lacht. »Du hast Gespenster gesehen!«
»Bin ich vielleicht verrückt?«, schreit der Motorradfahrer.
»Du hast Angst«, sagt Sven leise. »Wie Mafia. Was ist mit dem Geld?«

Der Italiener lehnt an seinem Wagen und raucht. Er hat die Stereoanlage auf volle Lautstärke gestellt. Zwei Mädchen tanzen miteinander.
»Glück gehabt«, begrüßt er Sven.
»Quatsch. Der Dicke konnte nicht gewinnen.«
»Sie haben dir schon einen Spitznamen gegeben: Kamikaze.«
»Komischer Name«, sagt Sven.
Neben dem Müllcontainer liegt sein Beutel. Er zieht eine Flasche heraus. Das Mädchen schmiegt sich an ihn. »Martini, da steh ich drauf.«
»Hau ab, du gehst mir auf den Keks!«
»Ist doch 'ne heiße Alte«, sagt der Italiener, als das Mädchen weggeht. Die rot-weiß gestreifte Hose spannt sich um den Po, der Pferdeschwanz hüpft hin und her.
»Ich schenke sie dir.«
»Die steht auf dich, Kleiner!« Er packt Svens Handgelenk. »He, was hast du da für'n tollen Armreif?«
»Geht dich nichts an!«

»Zeig doch mal!«
»Finger weg!«
»Von deiner Perle?«
»Leck mich!« Sven steckt die Hand in die Tasche.
Der Dicke untersucht seine Maschine und redet dabei ununterbrochen auf den Tätowierten ein. Der schüttelt immer wieder den Kopf. Irgendwann greift er in die Hosentasche und gibt seinem Freund ein paar Scheine.
»Kamikaze!« Der Motorradfahrer winkt herüber.
Mafia hält Sven an der Schulter fest. »Geh nicht zu ihm. Er hat schließlich verloren!«
Der Dicke startet die Maschine und fährt langsam auf sie zu. An der Verkleidung sind Schrammen, eine Fußraste ist verbogen. »Fährst du noch mal, Kamikaze?«
Sven schüttelt den Kopf.
»Warum nicht?«
»Gegen dich ist es langweilig. Du hast Angst.«
»Und wenn wir um hundertsechzig Euro fahren?«
Mafia beugt sich zu Sven hinunter. »Tu es nicht. Du hast genug gewonnen!«
»Halt du dich raus, Spaghetti«, schnauzt der Motorradfahrer.
»Was ist, Kamikaze?«
»Wenn du unbedingt dein Geld loswerden willst . . .«

Zwanzig Sekunden später ist alles vorbei. Sven rollt langsam über die Kreuzung. Weit und breit ist kein Auto zu sehen. Der Dicke wartet schon in der Sackgasse.
»Mäuse her!« Der Motorradfahrer hält ihm seine große, fette Hand unter die Nase.
Sven zieht die achtzig Euro aus der Hosentasche und gibt Gas.

»Halt!«, schreit der Dicke. »Wir sind um hundertsechzig gefahren!« Er springt von der Maschine und hält das Mofa fest.
»Der Kleine hat geblufft«, sagt der Dicke zu den anderen Jugendlichen, die sich inzwischen um die beiden geschart haben. »Der kommt her ohne einen Cent, hat mehr Glück als Verstand und denkt, er kann mich ausnehmen.«
Sven würgt den Motor ab. »Du hast Glück gehabt«, murmelt er.
Der Tätowierte zieht einen Schlagring aus der Tasche und geht auf Sven zu. Der Dicke hält ihn zurück. »Wann zahlst du den Rest, Kleiner?«
»Keine Ahnung. Ich habe kein Geld.«
»Ich gebe dir Zeit bis morgen Abend. Wenn du das Geld dann nicht hast . . .« Der Tätowierte grinst.
»Und wenn wir um die achtzig Euro fahren?«, schlägt Sven vor.
Der Dicke dreht sich um und lässt das Motorrad an. Das Mädchen mit dem Pferdeschwanz hockt sich hinter ihn. Dann sind Sven und Mafia allein in der Sackgasse.
»Und jetzt?«, fragt der Italiener.
»Weiß nicht.«
»Der Dicke macht keinen Spaß.«
Sven zuckt die Schultern. »Wenn kein Auto kommt, kann ich nicht gewinnen. Lahme Karre!« Er tritt gegen das Mofa.
»Du könntest morgen wieder fahren. Vier Rennen zu zwanzig Euro.«
»Glaubst du, gegen mich fährt noch einer?«
»Und ein Bruch?«
Sven schüttelt den Kopf. »Ich dreh kein Ding mehr.«
Mafia zeigt auf den Armreif. »Ist das Silber?«
»Klar.«

»Verkauf ihn!«
»Nie!«

Wie in Trance fährt Sven durch die Stadt. Immer wieder geht ihm das letzte Rennen durch den Kopf.
Der Dicke hat an der Einmündung regelrecht auf ihn gewartet. Über die Schulter geschaut hat er. Gleichzeitig haben sie Gas gegeben. Aber dann ist die Kreuzung leer gewesen, total leer, und der Dicke ist verschwunden wie ein Spuk.
Ohne zu wissen, wie er dort hingekommen ist, steht er auf einmal vor Edes Laden. Schwere Eisengitter hängen vor den Schaufenstern und der Eingangstür, Stacheldraht zieht sich über den Zaun. Er fährt weiter, durchquert das Industriegebiet, erreicht schließlich den Platz, an dem seine Großeltern wohnen. Das Haus ist dunkel, nur in der Mansardenwohnung brennt Licht. Einen Augenblick spielt er mit dem Gedanken, die Großeltern um das Geld zu bitten. Dann gibt er Gas und fährt nach Süden.
Die Bogenlampen in Annes Straße geben wenig Licht, die meisten Häuser liegen in völliger Dunkelheit. Sven macht den Motor aus. In einem Briefkasten steckt eine Werbezeitung für Möbel. Er reißt ein Stück ab, holt einen Bleistiftstummel aus dem Beutel und schreibt etwas auf das Papier.
Auf dem Weg zur Laube beginnt der Motor zu stottern und stirbt schließlich ganz. Fluchend steigt Sven ab und schiebt das letzte Stück. Als er im Gartenhaus ankommt, schmerzt das Knie wieder. Er zieht die Hose aus. Das Bein ist dicker als je zuvor.

19

Was hat das zu bedeuten?«

Als Anne am nächsten Tag von der Schule nach Hause kommt, fuchtelt ihr ihre Mutter mit einem Fetzen Papier vor der Nase herum.

»Lass mich in Ruhe. Ich sterbe vor Hunger.«

Der Duft von überbackenen Zucchini zieht durch die Diele. Zucchini sind Annes Leibgericht, sie könnte wochenlang davon leben. Seit Jahren bekniet sie ihren Vater, im Garten welche zu pflanzen. Bisher ohne Erfolg. Er mag keine Zucchini. Sie wirft die Tasche neben das Telefonschränkchen und folgt dem Duft in die Küche. Im Backofen steht die Auflaufform mit dem herrlichen Gemüse. Der Käse wird an den Rändern schon braun.

Als sie sich bückt, um die Zucchini herauszunehmen, stellt sich ihre Mutter vor den Ofen. »Erst sagst du mir, was das zu bedeuten hat!«

Anne fällt auf die Knie. »Hunger, Hunger!«

Ihre Mutter bleibt unerbittlich.

»Also gut, gib den Wisch her. Aber wenn ich verhungere, wirst du dir ewig Vorwürfe machen.«

Sie erkennt die krakelige Schrift sofort.

Anne!

Es geht um leben oder tot!

»Keine Ahnung, was das zu bedeuten hat«, sagt sie. »Darf ich jetzt essen?«

Ihre Mutter schüttelt den Kopf. »Mir kannst du nichts vormachen, du weißt, von wem der Zettel ist!«

»Irgendein Spinner.«
»Wie heißt er?«
»Woher soll ich das wissen? Steht doch kein Name drauf.«
Ihre Mutter zieht nervös an der Zigarette.
Asche fällt auf den Küchentisch. »Gib's schon zu, er ist ein Ausländer.«
Anne lacht. »Wie kommst du denn darauf?«
»Weil er nicht einmal weiß, wie man ›Tod‹ schreibt.«
»Das wissen auch viele Deutsche nicht.«
»Unsinn.«
»Guck dir mal die Deutscharbeiten in unserer Penne an, dann redest du nicht mehr so.« Sie nimmt die Zucchini aus dem Ofen. Sie riechen angebrannt.
»Du willst mir also nicht sagen, wer den Zettel geschrieben hat?«
»Ich weiß nicht, von wem er ist«, antwortet Anne mit vollem Mund. »Wo hast du ihn überhaupt her?«
»Er lag heute Morgen im Briefkasten.«
»Ohne Umschlag?«
Ihre Mutter nickt. Sie nimmt noch einen Zug und steckt sich an dem Stummel die nächste Zigarette an.
»Du rauchst zu viel«, sagt Anne.
»Und du lügst.«
»Wenn du meinst.«
»Du hast Schwierigkeiten.«
»Hör auf!«
»Du hast dich bestimmt mit irgendwelchen kriminellen Typen eingelassen.«
»Logo! Ich bin eine Gangsterbraut.« Anne schiebt den Teller beiseite und steht auf. »Ich leg mich hin, ich bin todmüde.«
»Frau Winkelmann sagt, dass du dich sehr verändert hast.«

»Gut, dass du Frau Winkelmann hast. Sonst wüsstest du gar nichts über mich!«

In ihrem Zimmer hockt sich Anne in den Ohrensessel. »Es geht um Leben oder Tod« – das wird ja immer schlimmer, denkt sie. Will er mir etwa drohen, sich umzubringen? Ach, Blödsinn. Da falle ich nicht drauf rein, da muss ihm schon was Besseres einfallen. Sie stülpt die Kopfhörer über und lässt den Zeiger über die Skala wandern, bis sie BFBS gefunden hat. Sie spielen Country-Musik. Eine Weile hört sie zu, dann stellt sie das Radio ab. Sven macht keine Späße, denkt sie. Der weiß gar nicht, was das ist.

Sie hebt Otto vom Boden auf. »Will er sich umbringen? Was meinst du?«

»Du weißt es nicht? Komm schon, ich will eine klare Antwort.«

Der Bär schaut sie nachdenklich an.

»Du bist wirklich keine Hilfe«, murrt Anne. Sie legt die Englischbücher auf den Schreibtisch und setzt Otto daneben.

»Der ist ganz schön hartnäckig, der Sven.«

Der Bär nickt.

»Aber ich gehe nicht zu ihm. Schluss ist Schluss.«

Das Stofftier wiegt nachdenklich den Kopf hin und her.

»Es soll alles so bleiben, wie es ist. Friedlich, friedlich, friedlich!« Sie wirft den Bären aufs Bett. Er bleibt auf dem Rücken liegen, Arme und Beine zur Decke gestreckt.

Der Schreibtischstuhl ist an diesem Tag härter als sonst. Was sie auch anstellt, sie sitzt nie bequem. Irgendwann nimmt sie die Bücher und hockt sich in den Ohrensessel. Aber auch dort findet sie keine Ruhe. Schließlich legt sie sich aufs Bett. Nach

einer halben Stunde schläft ihr der Arm ein. Fluchend steht sie auf.
»Ich gehe nicht zu Sven, Otto. Der hört sonst nie auf, mir nachzulaufen.«
Sie schaut auf die Uhr. Kurz vor vier. Englisch kann sie in der Kunststunde abschreiben. Jetzt muss sie raus.
Als sie die Nummer ihrer Freundin wählt, meldet sich Ingas Mutter. Ihre Tochter sei nicht zu Hause, sie wisse eigentlich nie, wo sie stecke. »Was ist mit dem Kind nur los, Anne? Gestern hat sie auf ihrem Zimmer geweint. Ich habe es genau gehört.«
»Tut mir leid, ich weiß auch nichts«, murmelt Anne und legt schnell auf.

Als sie das Haus verlässt, bewegt sich bei Winkelmanns die Gardine. Ein Cockerspaniel läuft ihr entgegen und springt an ihr hoch. Sie kniet sich hin und krault seine Schlappohren.
»Na, Cognac, wieder abgehauen?«
Der Hund begleitet sie bis zum Ende der Straße. Dann verschwindet er in einem kleinen Park. Sie hört sein Kläffen, bis die Straßenbahn hält.
Am Hauptbahnhof steigt sie aus. Auf der Straße stauen sich die Autos, Feierabendverkehr. In den Kaufhäusern ist Hochbetrieb. Händler preisen Pfannen aus Weltraumstahl und Messer des nächsten Jahrtausends an, die nicht nur schneiden, sondern ihre Besitzer auch wecken können.
»Hast du den Flötenspieler gefunden?« Anne dreht sich um. Vor ihr steht der Junge aus dem Bahnhof mit der roten Lederhose. Er hat sich Lidschatten über die Augen gemalt und die Wimpern getuscht.
»Der macht ja tolle Sachen«, fährt er fort.

»Wieso?«
»Ich dachte, er ist dein Freund! Hat er dir nichts erzählt?«
Sie schüttelt den Kopf. »Was ist passiert?«
»Er hat Rennen gefahren. Um Geld. Er hat verloren und konnte nicht bezahlen. Jetzt wollen sie ihn zusammenschlagen.«
»Rennen? Was für Rennen?«, fragt sie.
»Ich habe keinen Schimmer.«
Fünf Minuten später sitzt sie in der Straßenbahn zum Augusta-Krankenhaus. Sie schaut auf die Uhr. Es ist halb fünf.

Als sie die Laubentür öffnet, schläft Sven. Er hat den Mund geöffnet, eine Hand liegt auf dem Boden. Die Füße schauen unter der Decke hervor. Es ist dämmrig im Raum. Er hat ein Stück Pappe vor die zerbrochene Fensterscheibe genagelt.
Sie setzt sich in den Sessel mit den abgebrochenen Beinen.
Im Schlaf runzelt Sven die Stirn und ballt die Fäuste. Die Lippen bewegen sich. Sie kann nicht verstehen, was er murmelt. Nach einer halben Stunde schlägt er die Augen auf. Einen Augenblick lang schaut er sie an, als ob er sie nicht erkennen würde, dann zieht er sich an der Fensterbank hoch.
»Wie lange bist du schon hier, Anne?«
»Eine ganze Weile.«
»Warum hast du mich nicht geweckt?«
»Warum sollte ich?«
Er schlägt die Decke zurück.
»Was ist mit dem Knie?«, fragt sie erschrocken.
»Ach, nichts.«
»Nichts? Das sieht ja furchtbar aus.« Sie kniet sich vor ihn. Als sie das Knie abtastet, stöhnt er auf.

»Du musst sofort zum Arzt, Sven.«
»Keine Zeit.«
Sie schüttelt den Kopf. »Wie lange ist das Knie schon so dick?«
»Ziemlich lange.«
»Du bist verrückt. Wenn du nicht zum Arzt gehst, kannst du vielleicht nie mehr richtig laufen!«
Er hüpft zu seinen Sachen, die er auf die zertrümmerte Kommode geworfen hat, und zieht sich an. Nachher lehnt er sich an die Wand.
»Ich brauche Geld, Anne. Wenn ich nicht bis heute Abend achtzig Euro habe, bin ich fällig.«
»Fällig? Was heißt das?«
»Dann schlagen sie mich zusammen.«
»Wer?«
»Ist doch scheißegal.« Er stöhnt, auf der Stirn stehen Schweißtropfen.
»Leg dich lieber wieder hin«, sagt Anne. »Warum willst du das Geld von mir?«
Er lässt sich auf die Matratze fallen. »Ich kenne sonst keinen«, sagt er leise.
»Und dein Freund, der Italiener?«
Er winkt ab. »Gibst du mir das Geld?«
»Was ist mit Ede?«, fragt sie zurück.
»Der leiht mir nichts. Der hat mir ja schon das Mofa geschenkt.«
Sie steht auf und geht zur Tür. »Mach's gut, Sven. Schreib mir mal 'ne Karte aus dem Krankenhaus!«
»Was soll das? Willst du mich verrecken lassen?«
Sie lächelt. »Klau dir das Geld. Darin bist du doch Profi!«
»Du weißt alles«, sagt Sven.

Sie nickt.
»Von wem?«
»Von Ede.«
»Warum ist er nicht zur Polizei gegangen?«
»Keine Ahnung. Er kann dich leiden. Aber was ist mit den Rennen?«
»Wie kannst du einen solchen Wahnsinn mitmachen?«, fragt sie, als er mit seinem Bericht zu Ende ist. »Du könntest tot sein.«
»Ich brauchte das Geld.«
»Deshalb riskierst du doch nicht dein Leben!«
»Na gut, ich wollte es dem Dicken zeigen.«
»Verdammter Idiot!«
»Was ist mit dem Geld?«, fragt er, als sie nichts mehr sagt.
»Ich habe nur zwanzig Euro bei mir.«
»Scheiße. Kannst du den Rest besorgen?«
Sie schweigt.
»Ja oder nein?«
»Ich weiß nicht.«
»Bitte, Anne!«
»Also gut. Ich hole dir das Geld. Aber nur unter zwei Bedingungen. Du fährst keine Rennen mehr und gehst zum Arzt.«
»In Ordnung.«
»Wann kriege ich das Geld zurück?«
»Morgen. Mir fällt schon was ein.«
Sie steht auf.
»Du, Anne?«
»Ja?«
»Schade.«
»Was?«
»Das mit uns.«

»Vergiss es, Sven.«
»Kann ich nicht.«
»In einer Stunde bin ich zurück«, sagt sie.
»Komm lieber gleich zum Platz. Ich werde da sein.«
»Denk an dein Knie!«
»Das geht schon. Ich brauche auch noch Geld zum Tanken.«
Sie gibt ihm zehn Euro.
»Du, Anne?«
»Ich muss mich beeilen, sonst ist die Bahn weg!«
»Hältst du mich für dumm?«
Sie lächelt. »Verrückt bist du.«

20

Wäre schön, wenn Anne weggeblieben wäre, nachdem sie mir von dem Besuch bei Sven erzählt hat. Ich hätte eine Menge Möglichkeiten gehabt, die Geschichte zu Ende zu bringen. Irgendein Schluss, der dem Ganzen einen Sinn gibt, der lehrreich ist und Hoffnung macht. Sven könnte zum Beispiel das Geld abliefern, ein letztes Mal fahren, dabei stürzen und schwer verletzt ins Krankenhaus eingeliefert werden. Ede käme ihn besuchen und böte ihm nach einigem Hin und Her an, in seinem Laden eine Lehre zu machen. Was aus der Beziehung zwischen Sven und Anne wird, bliebe offen. Oder – auch nicht schlecht – Sven würde dem Dicken das Geld geben und ihm vorschlagen, ein letztes Rennen zu fahren. Anne würde ihn davon abhalten. Gemeinsam würden sie miterleben, wie der Motorradfahrer gegen einen anderen antritt, auf der Kreuzung von einem Auto erfasst wird und stirbt. Sven käme zur Besinnung, fände mit Edes Hilfe eine Lehrstelle und bliebe mit Anne zusammen.

Aber sie kam noch einmal ins Eiscafé. In der Nacht hatte es geschneit. Sonne und Streusalz hatten den Schnee in Matsch verwandelt. Meine Schuhe waren hin. Höchste Zeit, endlich neue zu kaufen.

Alessandro begann einzupacken. Am nächsten Tag wollte er nach Palermo aufbrechen. Wie in jedem Winter würde ein Korbgeschäft an die Stelle des Eiscafés treten.

Anne sagte lange nichts. Trank ihren Cappuccino und schaute Alessandro zu.

»Es ist heute das letzte Mal«, sagt sie irgendwann.

»Wirklich? Schade.«
Ich nahm eine Zigarette aus dem Päckchen. Anne gab mir Feuer. Das hatte sich zwischen uns eingespielt. Alessandro grinste jedes Mal, wenn er uns dabei beobachtete.
»Woher wissen Sie eigentlich, dass ich Ihnen kein Märchen erzähle?«, fragte sie.
»Das weiß ich nicht.«
»Aber Sie glauben mir.«
Ich nickte.
Sie schaute mich lange an. Mit einem Blick, den ich kannte, eine Mischung aus Skepsis und Spott. »Ich bin nicht Anne Wiechert«, sagte sie dann.
»Warum hast du dir einen anderen Namen gegeben?«
»Ich kannte Sie nicht. Deshalb. Aber alles andere stimmt. Möchten Sie wissen, wie ich wirklich heiße?«
Ich schüttelte den Kopf.
»Für mich bist du Anne.«
»Sind Sie sauer?«
»Unsinn.«
»Wenn Sie wollen, kann ich Ihnen alles zeigen. Die Laube, den Platz, Edes Laden, meine Schule – alles!«
»Das ist nicht wichtig«, sagte ich. »Nur die Geschichte zählt.«

Anne schließt vorsichtig die Haustür auf. Aus dem Esszimmer hört sie die gedämpften Stimmen ihrer Eltern. Sie zieht die Schuhe aus und schleicht auf Socken die Treppe hinauf. In ihrem Zimmer nimmt sie den ersten Band des zweibändigen Universallexikons aus dem Regal und schlägt die Seiten »Bandenspektrum bis Bantu« auf. Ein Bündel Geldscheine fällt ihr entgegen. Sie steckt achtzig Euro in die Tasche, gibt

Otto einen Kuss und verlässt das Haus so leise, wie sie gekommen ist.
In der Straßenbahn ist sie der einzige Fahrgast. Sie setzt sich an die hintere Tür. Über ihr droht eine rote Hand Schwarzfahrern mit Bußgeld. An einem Supermarkt steigen fünf Frauen ein. Sie sehen müde aus. Eine trägt unter der Jacke noch den Verkäuferinnenkittel. Die Bahn erreicht die Außenbezirke der Stadt, durchquert ein Industriegebiet. Die meisten Fabriken sind ausgestorben, die Fenster in den Montagehallen zerbrochen. Gras wächst zwischen Schrott und Schienen.
An der Endstation steigt Anne aus. Die fünf Frauen haben es eilig, verschwinden eine nach der anderen in den Wohnblocks links und rechts der Straße. Sie folgt ihnen, weiß nicht, ob sie in die richtige Richtung läuft. Aber wen soll sie fragen, es ist keine Menschenseele zu sehen.
Irgendwann endet die Straße in einer Sackgasse. Dahinter liegen ein Kinderspielplatz und ein Bolzwiese. Keine Spur von einem großen Platz mit Supermarkt. Sie schaut auf die Uhr. Bald halb acht, Sven wartet bestimmt schon. Ein Auto überholt sie, wendet und parkt. Ein älterer Mann mit Aktentasche steigt mühsam aus. Er zieht ein Bein nach. Sie läuft auf ihn zu. »Entschuldigen Sie bitte, ich suche einen großen Platz mit einem Supermarkt.«
Der Mann mustert sie von oben bis unten. »Sie wollen doch nicht etwa zu den Verrückten? Ich muss Sie warnen. Irgendwann passiert noch mal was!«
»Wie komme ich zu dem Platz?«, fragt sie.
»Diese Straße zurück bis zur Haltestelle und dann rechts. Sie können ihn nicht verfehlen. Aber gehen Sie lieber nach Hause.«

Wenig später liegt der Platz vor ihr. Am Supermarkt stehen Leute. Als sie näher kommt, sieht sie, dass ein Junge auf einem anderen kniet und ihm ins Gesicht schlägt. Sie rennt los, stolpert über einen Kanaldeckel und stürzt der Länge nach hin. Ohne auf die zerschundenen Knie und Ellenbogen zu achten, rappelt sie sich hoch und humpelt, so schnell sie kann, über den Platz.

»Lasst mich durch!«, schreit sie die Jugendlichen an. Die machen ihr widerwillig Platz.

Der Tätowierte sitzt auf Svens Oberarmen, über die Finger hat er einen Schlagring gesteckt.

Anne hält ihn am Arm fest. »Hör auf! Ich habe das Geld!«

Sven sieht furchtbar aus. Ein Auge ist zugeschwollen, die Oberlippe gespalten, aus einer Wunde über der Nasenwurzel tropft Blut. Über die Backen ziehen sich rote Striemen, die Haare sind blutverklebt.

»Es reicht.« Ein dicker Junge in roter Lederkombination stellt sich vor Anne. Der Tätowierte lässt die Faust sinken.

»Her mit den Mäusen«, sagt der Motorradfahrer.

»Gib ihm das Geld«, stöhnt Sven, als sie zögert.

»Warum nicht gleich so, Kleiner?« Der Tätowierte zieht den Schlagring von der Hand und steht auf. Sven bleibt liegen.

Anne kniet sich neben ihn. »Dieses Schwein!« Sie wischt ihm das Gesicht mit einem Taschentuch ab.

Er versucht zu lächeln. »Gut, dass du gekommen bist, Anne. Beim nächsten Schlag wäre ich weg gewesen.«

Sie nimmt seine Hand. »Nicht reden. Ich rufe einen Krankenwagen.«

Er rollt sich vorsichtig auf den Bauch, drückt sich in die Brücke, dann hockt er sich auf das gesunde Knie.

Als sie ihm beim Aufstehen helfen will, schiebt er sie weg.

»Du musst ins Bett«, sagt sie. »Der hätte dich fast totgeschlagen!«
Sven lässt sie stehen und humpelt zu den anderen Jugendlichen, die am Müllcontainer stehen und Bier trinken. Sie läuft hinter ihm her.
»Du feiges Schwein!« Er spuckt dem Tätowierten ins Gesicht. »Fahr gegen mich!«
»Ich bring dich um!« Der Tätowierte springt auf, holt mit der Bierflasche aus und lässt sie auf Sven niedersausen. Der macht einen schnellen Schritt zur Seite, die Flasche zerplatzt auf dem Asphalt. Hosen und Schuhe der Umstehenden sind mit Bier vollgespritzt.
»Schlagen – das kannst du«, sagt Sven leise. »Aber zum Fahren bist du zu feige.«
Der Tätowierte bleibt einen Schritt vor ihm stehen. Er atmet schwer. Dann nimmt er den Schlagring aus der Tasche, wirft ihn ein paar Mal in die Luft und lässt ihn wieder verschwinden.
»Um wie viel fahren wir?«, fragt er.
»Nicht um Geld. Wenn ich verliere, kannst du mit mir machen, was du willst«, sagt Sven.
»Und wenn ich verliere?«
»Dann gibst du mir den Schlagring und ich darf einmal zuschlagen.«
»Tu's nicht!«, ruft der Dicke. »Der Kleine ist verrückt!«
Der Tätowierte geht zu seinem Capri. »Den mach ich fertig!«
Anne stellt sich Sven in den Weg. Er schiebt sie zur Seite.
»Du hast versprochen, nicht mehr zu fahren!«
»Und das?« Er zeigt auf sein Gesicht.
»Das heilt.«

Schon beim ersten Versuch springt das Mofa an.
Sie stemmt sich gegen den Lenker. »Fahr nicht, Sven!«
»Der wird mich nie wieder schlagen!«
»Verdammter Idiot!« Sie lässt los. Er rollt langsam zum Start.
Als er dort ankommt, springt der Motorradfahrer auf den Beifahrersitz des Capri. Die anderen laufen zur Kreuzung.
Anne ist auf dem Platz stehen geblieben. Vor dem Supermarkt liegt Svens Beutel. Sie hebt ihn auf. Leichtes Gepäck, denkt sie.
». . . fertig, los!«, hört sie in diesem Augenblick den Starter, einen Jungen mit Punk-Schnitt, rufen.
Der Capri liegt sofort vorn. Sven beugt sich über den Lenker, das verletzte Knie ist abgespreizt. Annes Beine beginnen zu laufen, der Beutel hindert sie, sie lässt ihn fallen. Die Schmerzen an Knie und Ellenbogen spürt sie nicht mehr, sie rennt immer schneller. Der Wagen erreicht die Kreuzung, Bremslichter leuchten kurz auf, dann bleibt der Wagen an der Einmündung stehen. Sven fährt weiter, erreicht den Capri, zeigt den beiden die Faust und ist auf der Kreuzung.
»Der Bus!«, schreit einer. »Der Bus!«, pflanzt sich der Schrei fort. Von einem Augenblick auf den anderen ist Sven verschwunden. An der Stelle, an der Anne ihn gerade noch gesehen hat, steht ein Omnibus. Sie rennt weiter, jetzt rennen alle. Leute springen aus dem Bus, in den Häusern öffnen sich Fenster, Menschen kommen aus den Wohnblocks gelaufen.
Als Anne den Bus erreicht, stehen auf der Kreuzung mindestens hundert Leute. Sie geht nicht weiter, stellt sich neben den offenen Einstieg. An der Front ist nur ein Scheinwerfer zertrümmert, ansonsten ist nicht die kleinste Beule zu sehen. Die

Menschen haben ein paar Meter von ihr entfernt einen großen Kreis gebildet. Gedämpftes Stimmengewirr klingt herüber. Sven ist tot, denkt sie.
Der Fahrer steigt an ihr vorbei in den Bus und kommt mit einem Erste-Hilfe-Koffer zurück. Sie folgt ihm. Sven liegt einige Meter vom Mofa entfernt. Er hat die Augen geschlossen. Die Haare über der Stirn sind blutverklebt, ein Arm liegt merkwürdig verdreht neben dem Körper. Der Mund ist halb geöffnet. Der Busfahrer kniet sich vor ihn und öffnet den Koffer.
»Lassen Sie. Er ist tot«, sagt Anne. Der Mann schaut zu ihr hoch. Seine Augen haben einen irren Ausdruck. »Der Junge war auf einmal da. Auf einmal da.« Er nimmt einen Mullverband aus dem Koffer. »Auf einmal da«, wiederholt er. Dann beginnt er zu zittern und bricht in Tränen aus. Jemand führt ihn weg. Anne hört ihn »auf einmal da« murmeln.
Inzwischen ist der Ring um Sven noch dichter geworden. Immer mehr Leute kommen aus den Häusern gelaufen, Autofahrer stellen ihre Wagen an den Straßenrand und gehen zum Unfallort.
»Wo bleibt bloß der Krankenwagen?«, ruft eine Frau.
»Der ist hinüber. Dem kann keiner mehr helfen«, antwortet ihr Mann.
»Seien Sie doch still«, schimpft eine andere Frau. »Der arme Junge.«
»Das musste mal passieren«, sagt ein älterer Mann, der seinen Hund mitgebracht hat. »Diese Verrückten!« Die Umstehenden nicken.
Dann ist der Krankenwagen da. Zwei weiß gekleidete Männer springen heraus und eine Frau in weißer Hose und

rotem Anorak. Sie beugt sich zu Sven hinunter und untersucht ihn.

»Lassen Sie ihn. Er ist tot«, sagt Anne.

Die Frau beachtet sie nicht. Die beiden Männer legen Sven auf eine Trage und schieben ihn in den Wagen. Die Frau setzt sich neben ihn. Anne schaut dem Krankenwagen nach, bis er in einer Kurve verschwindet.

»Sie können hier nicht stehen bleiben.« Vor ihr steht ein Polizist. Außer ihr haben alle die Kreuzung verlassen. Gerade wird der Bus weggefahren.

Das Mofa liegt auf der Verkehrsinsel. Das Vorderrad ist verbogen, der Lenker abgeknickt. Der Polizist fasst sie an der Schulter. »Kommen Sie!«

»Er ist tot«, sagt Anne. »Ich wusste es.«

»Sind Sie mit ihm verwandt?« Der Beamte öffnet ein Notizbuch.

Sie schüttelt den Kopf.

»Wissen Sie, wie der Junge heißt?«

»Sven. Sven Klinkmann.«

»Die Adresse?«

»Weiß ich nicht.«

»Haben Sie den Unfall gesehen?«

Sie nickt.

»Dann erzählen Sie mal.«

»Ich kann nicht.«

»Gut, dann bestellen wir Sie auf die Wache.«

»Soll ich dich nach Hause fahren?« Ein silbergrauer BMW hält neben ihr. Ein schwarzhaariger Junge in weißem T-Shirt schaut zu ihr herauf. Sie schüttelt den Kopf. Auf der Kreuzung vermessen die Polizisten den Unfallort.

»Steig schon ein!« Der Junge hält die Beifahrertür auf.
»Hau ab«, murmelt Anne.
»Ich bin Mafia, Svens Freund. Bestimmt hat er von mir erzählt. Ich habe ihm viel geholfen.«
Der Motorradfahrer hält neben ihnen. »Was hast du den Bullen erzählt?«, fragt er Anne.
»Was geht das dich an?«
Eine Hand legt sich auf die Schulter und drückt sanft gegen das Schlüsselbein. Hinter ihr steht der Tätowierte. »Sei brav!«, lallt er.
»Ich habe ihnen gesagt, wie er heißt«, murmelt sie.
»Sonst nichts?«
»Sie wollten meine Personalien haben.«
»Was sagst du, wenn sie dich vorladen?«, fragt der Dicke.
»Wie es gewesen ist.«
»Das tust du nicht! Du wirst ihnen sagen, dass Sven zwei Leuten in einem Auto zugewinkt hat. Er hat den Bus nicht gesehen und – peng! Uns kennst du natürlich nicht.«
»Was ist, wenn ich die Wahrheit sage?«
Der Druck auf die Schulter verstärkt sich, sie muss sich beherrschen, nicht zu schreien.
»Du hast doch ein ganz hübsches Gesicht«, lallt der Tätowierte und wirft seinen Schlagring in die Luft.
»Ich glaube, sie hat uns verstanden.« Der Dicke lässt die Maschine hochsteigen und verschwindet jenseits des Platzes. Sein Freund torkelt zum Supermarkt.
»Fährst du jetzt mit?«, fragt der Italiener.
»Verschwinde!«
Mafia zuckt die Schultern und dreht das Seitenfenster hoch. Dann lässt er den Motor aufheulen und donnert die vierspurige Straße hinunter.

Langsam geht Anne über den Platz. Es ist kühl geworden. Der Wind wirbelt eine blaue Plastikfolie hoch. Der Tätowierte sitzt allein auf dem Container und trinkt. Svens Beutel liegt noch da, wo sie ihn fallen gelassen hat.

978-3-401-50662-3

Gefangen im Packeis

Oktober 1914. Der britische Forscher Shackleton bricht mit dem Expeditionsschiff Endurance zu einer Forschungsreise in die Antarktis auf. An Bord seines Schiffes befindet sich der 16-jährige Peter Blackborrow. Doch bevor die Expedition das antarktische Festland erreicht, wird das Schiff vom Eis eingeschlossen ...

978-3-401-50663-0

Der Dieb von Rom

Rom, 23 v. Chr. Die Familie des 15-jährigen Marius wurde von ihrem Landgut vertrieben und ist völlig verarmt. Aber der Junge schwört, es den reichen Bürgern der Hauptstadt heimzuzahlen. Bald schon ist kein Schatzkästchen und keine Patriziervilla mehr sicher vor dem geheimnisvollen „Dieb von Rom“.

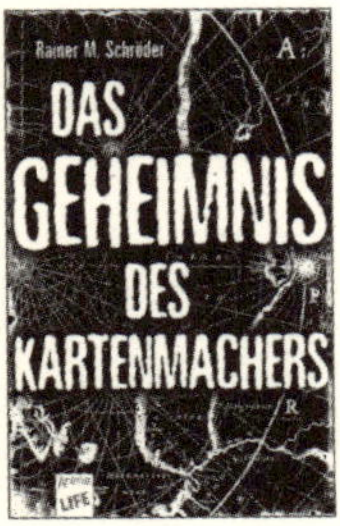

978-3-401-50664-7

Das Geheimnis des Kartenmachers

Wir schreiben das Jahr 1490. Es ist das Zeitalter der großen Entdeckungen, der Schiffs-Expeditionen und Kap-Umsegelungen. In dieser Zeit findet der 16-jährige Augsburger Caspar Sebald Anstellung bei dem Kupferstecher Bartholomäus Wolkenstein. Doch schon bald kommt Caspar bei seinem neuen Meister einiges rätselhaft vor. Wolkenstein lebt und arbeitet im Verborgenen, aber seine Werkstatt birgt ein großes, ein gefährliches Geheimnis ...

Arena

Jeder Band:
Arena-Taschenbuch
Auch als E-Book erhältlich
www.arena-verlag.de